Karen Kingsbury

Sarahs Liebeslied

Über die Autorin

Karen Kingsbury studierte Journalismus und schrieb für verschiedene Zeitungen, unter anderem für die *Los Angeles Times*, bevor sie sich dem Bücherschreiben widmete. Inzwischen hat die Autorin zahlreiche Bücher geschrieben, darunter einige Bestseller.

KAREN KINGSBURY

SARAHS LIEBESLIED

EINE ROMANTISCHE WEIHNACHTSGESCHICHTE

Aus dem Englischen von Mechthild Bruchmann

GerthMedien

Für Donald, meinen lieben Mann –
du kennst die Worte meines Liedes und singst es mit mir,
wenn ich es vergesse.

Für Kelsey, meine einzige Tochter –
wir sind ein Herz und eine Seele;
das spüre ich, selbst wenn uns Welten trennen.

Für Tyler, meinen Musikliebhaber –
du träumst vom Broadway und machst für uns
die Begleitmusik zu dem Abenteuer,
das man Leben nennt.

Für Sean, meinen geliebten Jungen –
blick dir über die Schulter und staune,
wie weit du es schon gebracht hast!
Versuche, den Regenbogen über deinem
Kopf zu entdecken!

*Für Josh, meinen freundlichen Riesen –
deine Kraft wird nur noch durch deine
Liebenswürdigkeit überboten. Wie dankbar
bin ich Gott dafür, dass er dich uns gegeben hat.*

*Für E. J., mein Wunder mit den großen Augen –
du wirst alles erreichen, was wir uns bei dir
vorstellen können. Du Sonnenschein erwärmst
mich auch an sehr kalten Tagen.*

*Für Austin, meinen Wunderknaben –
jeder Herzschlag von dir ist ein Zeugnis von Gottes
Gnade und Barmherzigkeit. Ich sehe, wie du nach
einem Fußballspiel vor Begeisterung mit den
Fäusten in die Luft boxt, und kann mir gut vorstellen,
dass die Engel im Himmel dasselbe tun.*

*Und für Gott, den Allmächtigen,
der mich bisher mit euch allen gesegnet hat.*

SARAHS LIEBESLIED

Es ist niemals zu spät, dass der Glaube uns findet.
Es ist niemals zu spät, dass das Gute gewinnt.
Es ist niemals zu spät, dass die Liebe uns bindet.
Es ist niemals zu spät für den Neubeginn.

Geradlinigkeit und Enge verband ich mit deinem Gesicht. Ich wählte eigene Wege, ging fort und wollte dich nicht. Ich suchte Glamour und Glitter, irrte ziellos und müde durchs Land. Du wartetest, treu wie ein Ritter, bliebst offen, Gott zugewandt.

Ich schaute zurück auf mein Leben mit dir in Helle und Licht. Plötzlich ergriff mich ein Sehnen, eine Sehnsucht nach deinem Gesicht. In Gedanken sehe ich deutlich ein Zuhause für dich und für mich, ein Zuhause für unseren Glauben, ein Zuhause voll Zuversicht.

In Gottes offenen Armen ist Raum, wo er mir vergibt.
In Gottes offenen Armen ist auch Raum für
dich und mein Lied.

PROLOG

Es war immer das gleiche Ritual, das Sarah Lindeman an den zwölf Tagen vor Weihnachten vollzog.

Die alte Dame stand am Fenster ihres kleinen Zimmers in der Seniorenresidenz von Greer. Sarah Lindeman lauschte in sich hinein. Ja, da war sie wieder, die Melodie ihres eigenen Liedes. Sie räusperte sich. Würde ihre alte, brüchige Stimme auch in diesem Jahr die richtigen Töne treffen? Schon bald wollte sie es versuchen. Ihr Ritual begann wie in jedem Jahr am 13. Dezember.

Die Schachtel hatte sie bereits geöffnet und ihren Inhalt auf der Bettdecke verteilt: zwölf Briefumschläge, die mit der Zeit vergilbt und verblichen waren. Genauso vergilbt und verblichen wie ihr Leben. Nur die Erinnerung an ein einzigartiges Jahr war nicht verblichen. Es war das Jahr, in dem der Himmel sich geöffnet und Sternenstaub in das Leben einer jungen Frau hatte fallen lassen, die jede Hoffnung auf ein Wunder begraben hatte.

Diese junge Frau war sie selbst gewesen, damals, im Jahr 1941.

Fasste man die Ereignisse zusammen, so entstand das bunte Bild einer langen Reise. An diese Reise erinnerte sich Sarah vor ihrem Fenster stehend in allen Einzelheiten. Sie erinnerte sich an jedes helle Lachen. An jede Träne. An jedes Lächeln. An jeden Wortwechsel. Jede Kleinigkeit von damals war gegenwärtig. Die vielen Jahre, die seither vergangen waren, vermochten die detaillierten Erinnerungen an jenes einzigartige Jahr nicht auszulöschen.

Sarah hatte ihre ungewöhnliche Geschichte in zwölf Teile geteilt und zwölf Weihnachtsbaumanhänger aus Papier dazu angefertigt. Auf jedem Anhänger stand ein einziges Wort geschrieben, das ihre Erinnerung wachrufen sollte. Mit der Zeit machte sie aus der Erinnerung an ihre Geschichte ein Ritual. Sorgfältig hütete sie ihre zwölf Anhänger, je einen für einen der zwölf Tage vor Weihnachten. Eine gute Gelegenheit, jedes Jahr im Dezember in Gedanken durch die Jahrzehnte bis 1941 zurückzuwandern und sich neu an alle Details zu erinnern.

Und außerdem war da noch das Lied – ihr Lied –, das im Hintergrund mitspielte. Es klang wie ein Loblied auf alles, was sie miteinander erlebt hatten und was ihr so sehr fehlte, seitdem Sam gestorben war. Dieses Lied würde sie bis an ihr Lebensende singen. Zunächst würde sie es summen. Im Laufe der Dezembertage würden ihr die Worte dazu wieder einfallen. Genau wie beim ersten

Mal, so würden ihr die Worte einfallen, die aus der Verzweiflung geboren worden waren und auf eine Wiederbelebung drängten.

Und alles – jedes Wort, jede Note – war für Sam.

Sarah wandte sich vom Fenster ab, stützte sich auf ihren Gehwagen aus Aluminium und schlurfte zum Bett. Draußen vor ihrer Zimmertür hörte sie Stimmen. Pflegerinnen und Pfleger schwätzten auf den Gängen des Pflegeheims laut und herablassend, so wie junge Leute es eben tun. Jemand zog über das Küchenpersonal her und über die fade Lasagne, die es zu Mittag gegeben hatte.

Zur Krönung wurde das lieblose Geschnatter mit einem „Stille Nacht, heilige Nacht" aus einem Lautsprecher untermalt.

Sarah machte es sich neben ihren Briefumschlägen bequem. Das Bett schien ihr jedes Mal niedriger zu werden. Dieses Jahr taten ihr die Hüften besonders weh. Der Atem ging langsamer und alles wurde mühsamer. Es gab keinen Zweifel: Ihre Zeit war bald abgelaufen. Der Tod war nicht mehr fern.

Nicht dass Sarah der Gedanke beunruhigt hätte. Im Gegenteil, der Tod hatte für sie etwas Hoffnungsvolles. Er würde sie für immer mit ihrem Sam vereinen.

Waren seit seinem Tod wirklich schon dreizehn Jahre vergangen? Dreizehn Jahre, in denen sie ihr Weihnachtsritual nun schon ohne ihn pflegte, der dafür erst Anlass gewesen war? Als er noch gelebt hatte, hatten sie sich in den zwölf Tagen vor Weihnachten gemeinsam ihren

Erinnerungen hingegeben. Sie hatten die Anhänger hervorgeholt und ihre Gedanken durch die Tage und Monate und Jahre bis ins Jahr 1941 zurückschweifen lassen und sich an ihrer gemeinsamen Lebensgeschichte erfreut.

Dazu hatten sie ihr Lied gesungen.

Jetzt war Sarah sechsundachtzig Jahre alt. Wenn Sam noch lebte, wäre er inzwischen einundneunzig. Vor dreizehn Jahren hatte ihn plötzlich eine Krebserkrankung befallen. Er war nicht langsam über Jahre dahingesiecht. Nein, innerhalb von sechs Monaten war er gestorben. Im Mai seines letzten Lebensjahres war er noch mit ihr nach Los Angeles zu den Kindern geflogen, wo sie die Geburt ihrer Urenkelin miterlebt hatten. Ein paar Wochen Unwohlsein. Ein schlechtes Blutbild. So hatte er – noch vor Thanksgiving – diese Erde verlassen.

Zunächst hatte Sarah allein in dem großen alten Haus gewohnt, wo sie gemeinsam ihre beiden Kinder aufgezogen und ihre Enkelkinder betreut hatten. Das Haus war ein Teil ihrer schönen Vergangenheit, ebenso wie der Park, zu dem sie zu Fuß spazieren gehen konnten. Ja, in diesem Park hatte alles begonnen.

Aber mit den Jahren war sie immer schwächer geworden. Zu schwach, um sich morgens allein anzukleiden, einen Spaziergang zu machen oder einkaufen zu gehen. „Sie haben einen Herzfehler“, hatte der Arzt zu ihr gesagt. „Nichts Bedenkliches. Nur eine allmähliche, aber nicht aufzuhaltende Alterserscheinung, die mit der Zeit zunehmen wird.“

Nach ihrer Diagnose hatten sich die Kinder eine Woche freigenommen und versucht, ihre Mutter zu einem Umzug nach Los Angeles zu bewegen. Sarah war ihnen dankbar und sie freute sich über ihre Fürsorge. Doch es gab für sie nur einen Ort, an dem sie ihre letzte Wohnstätte haben und an dem sie ihre letzten Tage verbringen konnte.

Im Sommer nach Sams Tod war gegenüber vom Park die Seniorenresidenz gebaut worden. Das „Altenzentrum Greer". „Betreutes Wohnen", wie man sagt. Ein großes Schlafzimmer mit ausreichend Platz für einen Ruhesessel und den Fernseher sowie für eine Küchenzeile mit Spüle, Mikrowelle und einen kleinen Kühlschrank. Dienstags wurde vom Haus Bingo angeboten, mittwochs eine Bibelstunde, donnerstags Sitzaerobic und freitags Filmvorführungen mit alten Filmen. Täglich wurden im Speisesaal zwei Mahlzeiten an weiß gedeckten Tischen mit Silberbestecken und Porzellangeschirr serviert. Und an den Wochenenden bot Mr Johnson, der stellvertretende Leiter des Altenzentrums, Liveunterhaltung am Klavier.

Vor allem gab es in jedem Zimmer am Bett und im Bad einen Klingelknopf für den Notfall. Außerdem kamen Pfleger in die Zimmer, die die alten Leute an ihre Medikamente erinnerten und sagten, wie viel und wann sie ihre Medizin einnehmen mussten.

So war es gekommen, dass nach einigem Hin und Her die Kinder erneut angereist waren und für Sarah einen Platz in dem Altenwohnheim gesichert hatten. Zunächst bewohnte sie ein geräumiges Zimmer im ersten Stock. Von hier aus konnte sie den Park und die Bank sehen. Es war genau die Bank, auf der Sarah ihr Lied geschrieben hatte.

„Ich will hier nicht mehr weg", hatte sie zu ihren Kindern gesagt, bevor sie wieder nach Los Angeles geflogen waren. „Hier ..." Sie zeigte durch das Fenster auf den Park und die Bank. „... spüre ich die Nähe eures Vaters jeden Tag." Und nach einer Weile fügte sie hinzu: „Macht euch keine Sorgen. Ich komme euch besuchen."

Beide, der 55-jährige Harry und die 53-jährige Sharon, hatten ihre Mutter verstanden. In der ersten Zeit hatte Sarah ihr Versprechen noch wahr gemacht. Sie war im Sommer und im Januar für jeweils zwei Wochen nach Kalifornien gereist. Aber die Herzbeschwerden hatten zugenommen und vor drei Jahren hatte der Arzt ihr das Fliegen verboten. Sarah war in den dritten Stock der Seniorenwohnresidenz und damit in eine Station des Hauses umgezogen, die mehr Pflege bot als das „betreute Wohnen".

Den Blick auf die Parkbank hatte sie behalten.

Ebenso wie ihr Ritual, das zwölf Tage vor Weihnachten begann.

Sarah legte ihre runzeligen Hände auf den ersten Umschlag. Ein Schauer lief ihr über den Rücken. Diese Wirkung hatte die Geschichte jedes Mal auf sie. Sie ließ ihr Herz höher wandern, bis es ihr fast die Kehle zuschnürte und ihren Mund trocken werden ließ. Ganz gleich, wie viele Jahrzehnte auch ins Land gezogen waren, die Erinnerung an 1941 machte sie jedes Mal jünger und verliebter und ehrfürchtiger vor dem Wunder, das in jenem Jahr zur Weihnachtszeit geschehen war.

Vorsichtig berührte sie mit den Fingerspitzen einen alten Briefumschlag nach dem anderen. Die Zahlen darauf brachten sie ins Nachdenken und bereiteten ihre Seele auf die Erinnerungen vor, die sie neu beleben würde. Falls es dieses Jahr das letzte Mal sein sollte, dass sie dieses Ritual durchführte, ihr letztes Weihnachtsfest also, dann brauchte sie ein wenig Hilfe.

Sie senkte den Blick und wandte ihr Gesicht zum Fenster. „Lieber Gott…" Sie dämpfte ihre Stimme, sodass nur noch ein heiseres Flüstern zu hören war. „Lass die Vergangenheit wieder lebendig werden. Jeden einzelnen Augenblick. Bitte."

Das stille Gebet hing eine Weile im Raum, während sich in ihrem Kopf langsam ein Gedanke formte. Falls es dieses Jahr tatsächlich das letzte Mal sein sollte, dass sie sich erinnern konnte, das letzte Mal, dass sie ihr Lied sang, so musste sich jemand ihre Geschichte mit anhören. Nein, nicht nur mit anhören, sondern mitempfinden – im Herzen mitempfinden, wie Sarah ihre Geschichte selbst empfand.

Gott hatte ihr schon so viel geschenkt. Vielleicht gab es jemanden, der Ermutigung brauchte – einen Arzt oder eine Krankenschwester, eine Pflegehelferin vielleicht. Irgendjemand in der Seniorenresidenz von Greer, der durch

Sarahs Lied verändert werden konnte, so wie sie selbst vor langer, langer Zeit verändert worden war. Ächzend versuchte sie, wieder auf die Beine zu kommen. Der Gehwagen kam ihr auf einmal wendiger vor. Sie spürte eine neue Energie in den Knochen wie jedes Jahr um diese Zeit im Dezember. Mit einem Blick aus dem Fenster auf ihre Parkbank beendete sie das Gebet:

„Schicke jemanden zu mir ins Zimmer, Herr. Jemanden, der Hoffnung braucht." Sie merkte, dass ihre Augen vor Freude glänzten, trotz des grauen Stars, der ihren Blick trübte. „Jemanden, der das Lied lernen will."

Als sie ihr Gebet beendet hatte, war sie so voller Zuversicht, dass sie sich fröhlich den nächsten Tag herbeisehnte. Den ersten der zwölf Tage. Irgendetwas würde dieses Mal anders sein. Tief in ihrem Herzen spürte sie es.

Nun brauchte sie nur noch darauf zu warten.

KAPITEL 1

Der Morgen des 13. Dezember war hell und freundlich. Für die Jahreszeit war es ungewöhnlich warm. Sarah freute sich darüber. Allerdings konnten sich die Temperaturen in South Carolina innerhalb eines Nachmittags drastisch ändern. Für die kommende Woche war sogar Schnee angesagt. Am 1. Dezember hatte es in diesem Jahr schon einmal geschneit und in den nächsten vierzehn Tagen würde es bestimmt wieder Schnee geben.

Heute Morgen hatte Beth Baldwin Dienst. Beth war eine junge Altenpflegerin, die kein Wort zu viel verlor. „*Guten Morgen. Wie geht es Ihnen? Schönes Wetter heute!*" So oder so ähnlich verlief ihr Gespräch immer. Beth war verheiratet. Das heißt, Sarah *vermutete*, dass sie verheiratet war, weil Beth einen Ehering trug. Sie war eine hübsche junge Frau und eine fürsorgliche Pflegerin. Nur ihre Augen blickten auffallend ruhelos hin und her. Sie erinnerten Sarah an irgendetwas, das sie nicht richtig einordnen konnte.

„Beth, meine Liebe, wissen Sie, was heute für ein Tag ist?“ Sarah beugte sich vor, damit Beth ihr in den roten Weihnachtspullover helfen konnte.

Die junge Frau pustete sich eine dunkle Haarsträhne aus der Stirn. Ihre Stimme klang freundlich, aber sie schaute Sarah nicht an. „Heute ist Montag, der 13. Dezember.“

„Nein, nein, Beth, das Datum interessiert mich nicht. Was für ein Tag ist heute?“ Sarah wartete darauf, dass Beth innehielt und nachdachte.

„Was für ein Tag?“ Beth richtete sich auf und stemmte ihre rechte Hand in die Hüfte. Sie überlegte kurz. „Ach, ich geb's auf. Ist heute etwa ein besonderer Tag?“

„Heute sind es nur noch zwölf Tage bis Weihnachten, Beth!“

Beth hielt den Kopf schief. „Sie denken an den Plastikbaum mit den zwölf Anhängern?“

„Genau!“ Sarah zog sich den Pullover zurecht. Als er ordentlich saß, lehnte sie sich in ihre Kissen zurück. „Heute ist der erste der zwölf Tage.“

„So, so.“ Beth schaute in die Wasserkaraffe auf Sarahs Nachttisch. „Na dann.“ Sie eilte zum Waschbecken und leerte die Wasserkaraffe, füllte sie neu und stellte sie wieder auf ihren Platz. „Die zwölf Tage haben für Sie bestimmt etwas zu bedeuten. Darf ich raten?“ Sie lächelte Sarah schelmisch an: „Noch zwölf Einkaufstage bis Weihnachten, richtig?“

Sarah verzog enttäuscht den Mund. Das Gebet vom Abend zuvor schoss ihr durch den Kopf. Nein, Beth kam für sie nicht infrage. Sie würde sich bestimmt nicht auf eine Unterhaltung mit ihr einlassen. Und schon gar nicht würde sie eine Geschichte anhören wollen, die sich über zwölf Tage hinzog.

„Das war's mal wieder." Beth eilte zur Tür. Mit einem raschen Blick über die Schulter fügte sie hinzu: „Sie wissen ja Bescheid, Sarah. Falls Sie Hilfe brauchen, drücken Sie einfach auf den Klingelknopf."

„Ich danke Ihnen, Beth. Nun bin ich erst einmal gut ver-"

Die Tür war schon längst ins Schloss gefallen. Beth war weg. Sarah starrte auf die verschlossene Tür. Sie war enttäuscht. *Dann eben nicht.* Wenn Beth nicht die richtige Person war, um die sie Gott gebeten hatte, war es bestimmt besser, ihr Ritual am ersten Tag allein zu beginnen. Auf diesen Augenblick hatte sie seit Oktober gewartet, seit die Blätter sich nach und nach gefärbt hatten und dann langsam zu Boden gesunken waren.

Die Briefumschläge lagen nach Nummern geordnet auf ihrem Nachttisch. Ein paar Zentimeter daneben stand ihr kleiner Plastikweihnachtsbaum. Sarah drehte sich zu ihm um, richtete sich auf und ließ ihre Beine über die Bettkante gleiten, bis ihre Wollsocken auf dem kalten Linoleumboden Halt fanden.

Der erste Briefumschlag sah sie so verführerisch an, dass sie die Lasche hob, den Papieranhänger herauszog und das Wort las, das auf beiden Seiten geschrieben stand.

MORGEN.

Damals, an dem kalten Dezembertag, hatte nur dieses eine Wort gezählt. Alles hatte sich um den nächsten Tag gedreht. Das Heute, das, was sie in jenem Augenblick haben konnte, war ihr nicht genug gewesen. Weder ihre Heimatstadt Greer noch ihre Eltern, noch ihre Freunde. Nicht einmal Sam. Alles, was sie bis dahin erreicht hatte, war voll auf das Morgen ausgerichtet gewesen, auf den fernen Tag, an dem sie losziehen würde, um alles auszuschöpfen, was mit Countrymusik zu tun hatte. Alles, was sich einer jungen Frau mit gutem Aussehen, einer hervorragenden Stimme und musikalischer Begabung bot. Alles, was ihr die Kleinstadt Greer nicht bieten konnte.

MORGEN.

Sarah betrachtete das Wort. Die verblichene Tinte. Und nach und nach tauchte aus dem Nebel der Erinnerungen von nahezu sechs Jahrzehnten alles wieder auf: der Jubel in den Konzertsälen. Die Konversationen hinter den Kulissen. Die Schmerzen der Enttäuschung in den Hotels. Sie schloss die Augen. Im Nu spürte sie, wie sie in eine Zeit hineingezogen wurde, die noch existent war. Eine Zeit, die in Wirklichkeit noch gar nicht geendet hatte. Sie blinzelte und siehe da: Sie saß nicht mehr auf ihrer Bettkante, eingesperrt in dem Zimmerchen der Pflegestation der Seniorenresidenz von Greer.

Sie war wieder dreiundzwanzig Jahre alt und wohnte in dem Farmhaus ihrer Eltern gegenüber der Highschool. Ihre Mutter kochte Apfelmus ein und der Duft von gekochten Äpfeln und Zimt zog durch das ganze Haus. Es war Heiligabend 1940. Sam Lindeman war gekommen. Sam, der damals bei ihnen ein und aus ging.

Sarah nestelte mit ihren knöchernen Fingern an dem Papieranhänger herum und kniff die Augen zusammen. Sie spürte, wie sich die welke Haut auf ihrer Stirn furchte. Nein, mit 1940 durfte sie nicht beginnen. Sie musste mit den Erinnerungen in ihre Kindertage zurückgehen. Wie sehr hatte sie als Schulmädchen Tag und Nacht davon geträumt, Sams Aufmerksamkeit zu gewinnen, mit ihm auszugehen und ihn eines schönen Tages zu heiraten.

~

Sam war fünf Jahre älter als Sarah. Er war der Bruder ihrer besten Freundin Mary. Obwohl die Lindemans hin und wieder einen Ausflug mit Sarahs Familie machten, hatte Sam nie Notiz von Sarah genommen. Wie ein riesiger Ozean stand der Altersunterschied zwischen ihnen. Eine Zeitspanne, die sich nicht überbrücken ließ. Doch kurz nach ihrem zwölften Geburtstag spürte Sarah trotz des großen Altersunterschieds ein starkes Interesse an Sam.

„Er ist so süß", schwärmte sie, wenn sie Mary besuchte und die beiden sich stundenlang in Marys Zimmer Schallplatten von bekannten Schlagersängern anhörten.

„Ich weiß nicht", erwiderte Mary meist mit gerümpfter Nase. „Der kommandiert mich doch nur herum."

Sam spielte Football für die Highschool in Greer. Sarah träumte davon, eines Morgens aufzuwachen und über

Nacht vier Jahre älter geworden zu sein, die Highschool zu besuchen und Sams Freundin zu werden. Gemeinsam würden sie den Schulabschluss machen und danach ins Ausland reisen – vielleicht nach Spanien oder nach Südfrankreich oder auf die Bahamas. Auf jeden Fall in die Länder, von denen ihre Lehrer ihnen immer vorschwärmten.

Sarah stellte sich vor, wie Sam Touristen auf gewagte Exkursionen begleiten würde. Und sie, Sarah, würde durch ihren Gesang reich und berühmt werden – nicht in einem Kirchenchor, wo ihre Mutter sie allzu gern singen hörte. Nein, sie wollte als Schlagersängerin in Tanzsälen und Nachtclubs auftreten, in herrlichen Abendkleidern. Sam würde in der ersten Reihe sitzen und ihr zulächeln.

Der Traum ging nicht in Erfüllung. Morgen für Morgen wachte Sarah auf und war immer noch zwölf Jahre alt. Im Jahr darauf machte Sam seinen Highschool-Abschluss, zog in eine andere Stadt, um dort ein College zu besuchen, und verabschiedete sich von der Freundin seiner kleinen Schwester lediglich mit einem beiläufigen „Tschüss".

Die Jahre vergingen. Sarah sang und sang. Mit 17 war sie in Greer bereits für ihr Gesangstalent bekannt.

Sie war mit einer Stimme geboren worden, die einen Saal voller Menschen zum Schweigen brachte. Einer Stimme, von der ihre Mama meinte, dass sie sicherlich die Engel vor Neid weinen ließe. Sarah stellte ihr Talent immer und immer wieder unter Beweis. Eigentlich jeden Sonntag, wenn der Kirchenchor sie zu seiner Solistin erkor. Jede Woche lächelte Sarah ihre Zuhörer an und sang aus vollem Herzen. Doch sie mochte nicht in einer formlosen Chorrobe singen. Auf einem kleinen Kalender unter ihrem Bett zählte sie die Tage ab, bis sie die Highschool verlassen und an einem aufregenden Ort wie Nashville, New York oder Chicago singen würde. Überall, nur nicht mehr in Greer.

Eines Tages kehrte Sam für einen ganzen Sommermonat heim. Vier Jahre waren vergangen, seitdem er Greer verlassen hatte und zum College gegangen war – und nicht mehr in Sarahs Träumen auftauchte. Sarah würde den Tag im Juli nie vergessen, als sie Sam das erste Mal nach so langer Zeit wiedersah. Es war an einem Morgen im Haus der Lindemans. Sarah wollte gerade die Treppe zu Marys Zimmer hinaufspringen, als sie hörte, wie eine Männerstimme vom Esszimmer aus nach ihr rief.

Sarah drehte sich um. Da stand er. Sam Lindeman. Zweiundzwanzig Jahre jung, größer und breiter und besser aussehend, als sie ihn in Erinnerung gehabt hatte. Sarah blieb die Sprache weg. Sie erstarrte vor der Treppe wie Lots Frau. Visionen von Spanien und Frankreich und den Bahamas blitzten in ihren Gedanken auf.

„Sarah! Lass dich anschauen!“ Er eilte durch den Hausflur auf sie zu. Seine Stimme klang sehr tief und seine Augen schienen sie zum ersten Mal anzuschauen. „Was ist aus meiner kleinen Nachbarin geworden?“

„Äh …“ Das Blut schoss Sarah in die Wangen und sie lächelte verlegen. „Ich bin gewachsen.“ Sie senkte die Augenlider und atmete tief durch.

„Das sehe ich." Er lehnte sich gegen die Wand und betrachtete sie. „Du müsstest jetzt etwa siebzehn sein. Hab ich recht?"

„Ja." Sarah holte wieder tief Luft. Aber ihr Herz raste so schnell, dass sie glaubte, jeden Moment in Ohnmacht zu fallen. „Im Herbst beginne ich mit der Abschlussklasse."

„Du bist richtig hübsch. Ich habe dich fast nicht mehr erkannt."

Sarah war plötzlich ganz verlegen. „Danke. Ich finde … ich meine, wir sind beide gewachsen, oder?"

„Ja, das stimmt." Er schwieg eine Zeit lang. Ein Lächeln umspielte seinen Mund. „Darf ich dich etwas fragen, kleine, erwachsene Sarah?"

Sie kicherte und spürte, wie sie wieder selbstsicherer wurde.

„Frag mich."

„Ich will heute Abend mit meiner Schwester einen Burger essen gehen." Er lachte unbefangen. Ihre Knie wurden schon wieder weich.

„Willst du mitkommen?"

Sarah musste nicht lange nachdenken. Sie hatte innerlich bereits Ja gesagt, bevor er seine Frage überhaupt beendet hatte. Ihre Eltern würden nichts dagegen haben. Wenn Mary dabei war, sowieso nicht. Außerdem war Sarah sich sicher, dass Sam nicht an ihr interessiert war. Er war einfach nur nett. Wahrscheinlich wollte er die letzten vier Jahre nachholen.

An jenem Abend spielten sie zuerst Bowling. Beim Essen unterhielt Sam die jungen Mädchen mit lustigen Geschichten über seine Zimmerkameraden im College. Erst später kamen sie auf Sams Pläne für die Zeit nach dem College zu sprechen. *Bestimmt will er reisen. Abenteuer erleben. Sich die Welt erobern und etwas wagen,* dachte Sarah bei sich. Ein Leben, wie sie es sich vor langer Zeit an seiner Seite vorgestellt hatte.

Stattdessen legte er seinen Burger zur Seite, wischte sich den Mund mit der Serviette ab und sagte: „Ich werde mein Examen als Lehrer machen und wieder nach Hause kommen.“ Er schaute Sarah vielsagend in die Augen. „Ich möchte ein Mädchen aus meiner Heimat heiraten, eine Familie gründen, in Greer unterrichten und eines Tages Direktor der Schule werden.“ Damit wandte er sich seiner Schwester zu. „Im Grunde habe ich mir das schon immer gewünscht. Je eher, desto besser.“ Nun blickte er wieder Sarah an. „Und was hast du vor, Sarah? Was willst du nach der Highschool machen?“

Sarah war noch ganz verwirrt von dieser überraschenden Offenbarung und schaute ihn an: „Ich werde Greer verlassen und einen Schallplattenvertrag unterschreiben. Das ist mein Plan.“

„Wirklich?“ Das schien ihn zu amüsieren. „Ich habe schon gehört, dass du gut singen kannst.“

„Sie singt hinreißend.“ Mary schob sich eine Pommes in den Mund und nickte heftig. „Eines Tages wird Sarah berühmt.“

„Ja, das habe ich vor." Sarah versuchte, scherzhaft zu lachen, um das Gespräch locker zu halten, aber es gelang ihr nicht.

Sie ließ sich für einen Augenblick entschuldigen.

In der Damentoilette war sie allein und starrte mit weit aufgerissenen Augen in den Spiegel. Dass Sam direkt nach dem College ein Mädchen aus seiner Heimat heiraten wollte, konnte sie ja noch verstehen. Aber dass Sam Lindeman in Greer als Spießbürger hocken bleiben und kleine Kinder unterrichten wollte … In einer Stadt, wo die Höhepunkte des Jahres in einer Lesenacht in der Bibliothek und in einem Familienfest im Fast-Food-Restaurant bestanden …

Sie schüttelte sich. Unvorstellbar.

Als Mädchen hatte sie davon geträumt, Sam bis ans Ende der Welt zu folgen. Und jetzt, wo er zu Hause war, jetzt, wo er endlich Notiz von ihr genommen hatte, flammten in ihr die vertrauten Gefühle wieder auf. Doch dass ihr Lebenstraum sie nur bis an den Stadtrand von Greer führen sollte, das hatte sie sich nie vorgestellt.

Ein Mix an Gefühlen überwältigte sie und verlangte nach Ordnung. Sie war völlig durcheinander. Nicht, weil Sam sie so vielsagend angeschaut hatte, während er von seinen Zukunftsplänen gesprochen hatte. Aber dass ihr Herz dabei solche Freudensprünge gemacht hatte, das irritierte sie.

KAPITEL 2

Sarah ließ ihren Daumen über den ersten Anhänger gleiten, während sie die andere Hand gegen ihren Rücken presste. Der erste Tag des Weihnachtsrituals war immer der längste.

~

Es vergingen zwei Jahre, bis sie Sam Lindeman wieder sah.

Es war im August. Sam sah sie im *Mixer*, einem Billigrestaurant mit einem Spielautomaten und mit mehr Teenagern als Sitzgelegenheiten. Sarah servierte gerade riesige Teller mit Käsepizza für eine Baseballmannschaft, als Sam plötzlich im Türrahmen stand. Eine Gruppe von Mädchen schaute interessiert zu ihm hinüber. Sie begannen gleich zu flüstern und zu kichern und versuchten, seine Aufmerksamkeit auf sich zu lenken.

Er ignorierte sie. Von der Türschwelle aus ließ er seine Blicke durch den Raum schweifen, bis er sie gefunden hatte. „Hallo." Er sagte das ganz lässig und hob eine Hand zum Gruß.

Sie bediente hastig die Baseballspieler, wischte sich schnell die Hände an der Schürze ab und eilte zu ihm hinüber. „Sam!" Ohne viel nachzudenken, stellte sie sich auf ihre Zehenspitzen und gab ihm einen Kuss auf die Wange. „Du bist wieder da."

„Ja, Sarah." Er strahlte. „Du stehst vor dem neuen Lehrer der Jackson-Grundschule."

Sarah spürte einen Stich in der Magengegend. Sie achtete nicht darauf. Vielmehr redete sie mit Begeisterung auf Sam ein. „Das ist ja großartig, Sam!" Sie zog ihre Augenbrauen hoch, klatschte vergnügt in die Hände und freute sich mit ihm. „Mary hat mir gar nicht erzählt, dass du schon so bald nach Hause kommst."

Er lächelte glücklich. „Ich hatte Angst, dass du schon fort sein könntest. Irgendwo auf der Suche nach deinem Schallplattenvertrag."

Seine Worte versetzten ihr einen zweiten Stich. „Ich verdiene mir erst noch das nötige Geld. Dann gehe ich nach Nashville." Sie hob das Kinn vor Stolz auf ihren Fleiß. „Ich arbeite meist sieben Tage in der Woche."

„Na prima." Ihre Blicke trafen sich und Sam schaute ihr in die Augen. „Falls du diese Woche zufällig einen Abend freimachen kannst, würde ich gern mit dir ausgehen."

„Wirklich?“ Sarah schaute zu den Tischen hinüber, um sicherzustellen, dass keiner der Gäste etwas von ihr wollte. Sie spürte plötzlich tausend Schmetterlinge in ihrem Bauch. Ein Rendezvous mit Sam Lindeman? Sie blickte ihn an und wurde auf einmal ganz schüchtern und leise. „Gerne.“

„Okay.“ Er beugte sich zu ihr vor und küsste sie auf die Wange. „Ich hole dich Samstagabend um sechs Uhr ab.“

Die folgenden Tage vergingen unheimlich langsam. Sie wollten kein Ende nehmen.

„Soll das ein Rendezvous sein?“, wollte ihre Mutter wissen, bevor Sam auftauchte. „Denn ich bin mir nicht sicher, ob ein 19-jähriges Mädchen mit einem Mann von Mitte zwanzig ausgehen sollte.“

„Mama, wir reden hier von Sam! Wir haben mit Lindemans früher Ausflüge gemacht – dabei hattest du nie Bedenken.“

Schließlich lenkte ihre Mutter ein und gab zu, dass Sam eigentlich keine Gefahr für ihre Tochter sein konnte. Über die Reaktion ihrer Mutter musste Sarah schmunzeln. Wenn ihre Mutter gewusst hätte, dass Sam Greer nie wieder verlassen wollte, hätte sie Sarah bestimmt ohne Bedenken noch vor Weihnachten mit Sam verheiratet.

Ungeachtet dessen, was sie ihrer Mutter gesagt hatte, war dieser erste Abend tatsächlich ein Rendezvous. Sam schenkte ihr Blumen, hielt ihr die Türen auf, und sie hatten so viel Spaß zusammen, dass ihr einmal sogar vor Lachen die Tränen über die Wangen liefen. Nachdem er sich an jenem Abend vor ihrer Haustür von ihr verabschiedet hatte, drehte er sich noch einmal um, schaute sie an und sagte: „Mir hat dieser Abend mit dir sehr gut gefallen, Sarah."

Es war ein kühler Sommerabend. Ein scharfer Wind blies durch die Veranda. Sarah trat auf ihn zu, sodass sie nur wenige Zentimeter trennten. Sie war etwa einen Meter siebzig groß. Er war viel größer als sie. Sarah zögerte. Sie holte Luft und sagte: „Darf ich dich etwas fragen, Sam?"

Er steckte die Hände tief in seine Jeanstaschen. Das Mondlicht fiel auf sein Gesicht. „Alles, was du willst."

„Okay." Sie hob den Kopf und blickte in seine Augen. „War das ein Rendezvous?"

Sein Gesichtsausdruck änderte sich und langsam, ganz langsam, nahm er ihre Hände und zog sie an sich. Und dann, in diesem bis dahin allerschönsten Moment in Sarahs Leben, küsste er sie. Sarah war schwindelig von den aufgewühlten Gefühlen. Sie war froh, dass sie sich in diesem Moment bei Sam anlehnen durfte.

Als sie einander losließen, suchte Sam ihre Augen. „Ist deine Frage damit beantwortet?"

Sarah wollte ganz viel sagen. Sie hatte tausend Fragen. Aber sie ließ nur die dringendste heraus: „Wie lange schon, Sam?" Sie holte tief Luft. „Wann hast du aufgehört, in mir nur die kleine Freundin deiner Schwester zu sehen?"

Sam seufzte. Er ließ Sarahs Hand los und fuhr sich mit seiner Rechten durchs Haar. „Willst du das wirklich wissen?“ Er beugte sich zu ihr und küsste sie noch einmal. „An jenem Morgen, als ich dich an der Treppe in unserem Hausflur traf. Du warst siebzehn, und ich dachte, ich sehe nicht richtig. Ein blonder, blauäugiger Engel tritt mir nichts, dir nichts in unser Haus! Und plötzlich stelle ich fest, dass du es bist. Marys Freundin Sarah!“

„Aber du hast dich in der ganzen Zeit nicht einmal bei mir gemeldet.“ Sarah schluckte. Vielleicht sollte sie ihm besser nichts von ihren Gefühlen sagen. Vielleicht würde es ihr anschließend zu schwerfallen, Greer zu verlassen, sobald sie das Geld dazu beisammen hatte. „Ich dachte …“

„Ich musste mich aufs College konzentrieren.“ Er berührte ihre Stirn und ihre Wangenknochen mit seinen Lippen. „Und du musstest erst erwachsen werden. Aber nun stehen wir beide hier.“ Er trat einen Schritt zurück und sah sie liebevoll an. „Vielleicht solltest du Greer doch nicht verlassen, Sarah. Hast du das immer noch vor?“

Sie konnte nichts darauf sagen. In diesem Moment wollte sie nichts lieber, als sich für immer in Sams Armen zu bergen. Nichts sollte sie mehr von ihm trennen. Aber mitten in der Nacht, nachdem er gegangen war, erinnerte sie sich an das, was sie in Wahrheit wollte. Sie musste von hier fort und ihre Pläne verwirklichen. Egal, wie sehr sie Sams Nähe auch schätzte, sie musste. Ihr Leben lang hatte sie sich das gewünscht und nicht einmal Sam Lindeman konnte sie davon zurückhalten.

Schließlich blieb Sarah doch noch eine Zeit lang zu Hause. In den folgenden vier Jahren führten sie und Sam eine glückliche Beziehung. Er nahm Kurse am College, um seine beruflichen Chancen zu verbessern, und sprach hin und wieder von Heirat. Sie sang weiter im Kirchenchor, und Sam ließ keine Gelegenheit aus, ihr von der zweiten Reihe aus zuzuhören.

Sarah verbrachte gerne Zeit mit Sam. Sie liebte ihn. Oder etwa doch nicht? Die meisten ihrer Freundinnen waren bereits verheiratet und hatten Kinder. Und lieber war sie abends mit Sam unterwegs, als zu Hause bei ihren Eltern zu hocken oder eine Extraschicht im *Mixer* einzulegen.

Jeden Monat zählte Sarah ihr Geld, und jedes Mal stellte sie fest, dass sie noch mehr Geld brauchte, wenn sie in Nashville leben wollte. Rückblickend betrachtet, hielt sie sich einfach immer auf der sicheren Seite. Das war auch der Grund, weshalb sie so lange in Greer blieb. Weshalb sie nur mit dem einen Mann ausging, den sie sich schon immer gewünscht hatte. Weshalb sie zwar von einer fernen Zukunft als Sängerin träumte, aber in Wirklichkeit doch nichts richtig anpackte, um es in die Tat umzusetzen.

Schließlich, an Weihnachten 1940, überraschte Sam sie mit einem Ring. „Bitte heirate mich, Sarah." Er ließ sich auf ein Knie fallen, während der kleine Diamant im Schein der Kerzen funkelte.

Dieser Teil ihrer Erinnerungen war es, der zu dem ersten Anhänger gehörte, es war der Teil, der Sarah auch heute noch am meisten schmerzte.

Sarah sah sich in dieser Szene, als sei es erst gestern gewesen. Wie sie den Ring angeschaut hatte. Wie ihr tausend Fragen durch den Kopf geschossen waren: Wieso hatte sie es zugelassen, dass ihre Beziehung so ernst wurde? Warum hatte sie so endlos lange in Greer für ihr Reisegeld nach Nashville gearbeitet? Warum hatte sie so selten über ihre Pläne geredet? Für sie war es nie eine Frage gewesen, dass sie Greer verlassen würde, sobald sie ihr Geld beisammen hatte.

Hatte sie sich nicht klar genug ausgedrückt?

Während Sam noch vor ihr kniete und auf ihre Antwort wartete, begann Sarah zu stottern. „Sam, es tut mir sehr leid. Ich … ich wollte nie …“ Sie schaute zu Boden, berührte verlegen mit dem Finger ihre Nasenspitze und schüttelte heftig den Kopf. „Ich kann nicht.“

Langsam, als sei er in zehn Sekunden um zehn Jahre gealtert, erhob sich Sam. „Vier Jahre, Sarah. Du hast davon gesprochen wegzugehen. Aber du bist jeden Monat, jede Woche, jeden Tag bis heute geblieben. Ich dachte …“ Er richtete sich auf und schaute ihr in die Augen. „Ich dachte, du wärst meinetwegen geblieben. Weil du mich liebst.“

„Das tue ich doch auch!“ Sie umschlang ihn fest mit ihren Armen. „Du bist mir wichtig, Sam.“ Tränen schossen ihr in die Augen. Aber sie wischte sie hastig weg. Sie konnte den Schmerz in seinem Gesicht nicht ertragen. Sie war wütend darüber, dass sie ihn im Glauben gelassen hatte, sie sei bereit zu heiraten. „Mit dir hat das gar nichts zu tun, dass ich von Greer wegmuss. Es würde mich umbringen, für immer hierzubleiben. Ich muss gehen. Ich muss meinen eigenen Weg außerhalb dieses Nests finden …“

„Rede nicht weiter.“ Seine Stimme klang ganz ruhig, ja freundlich. „Ich habe verstanden.“ Im gleichen Moment hatte sich sein Gesichtsausdruck verändert. Er sah nicht mehr verletzt und enttäuscht aus. Er betrachtete sie lange Zeit. Die Sehnsucht in seinem Blick war verschwunden. Stattdessen sah er sie jetzt wie ein großer Bruder an, so wie er sie angeschaut hatte, als sie ein kleines Mädchen war. „Es ist vorbei. Ich brauche keine weiteren Erklärungen.“

Sarah biss sich auf die Unterlippe. Sie konnte die Tränen, die ihren Blick verschleierten, nicht mehr zurückhalten. „Ich bin so traurig, Sam.“

„Psssst!“ Er küsste sie auf die Stirn. „Sag nichts mehr.“

Wortlos schloss er die winzige, mit Samt verkleidete Ringschatulle, warf sich den Mantel über die Schultern und ging zur Tür. Bevor er das Haus verließ, schaute er sie ein letztes Mal an und flüsterte: „Auf Wiedersehen, Sarah.“

Sie sah ihm nach, wie er das Haus verließ. Dann eilte sie in ihr Zimmer und packte umgehend die Koffer. Sie musste sofort gehen, selbst wenn sie noch nicht genug Geld hatte. Sie musste jetzt gehen, auch wenn es bedeuten sollte, Sam nie wiederzusehen.

Nach den Feiertagen fuhren ihre Eltern sie zum Bahnhof, wo sie sich verabschiedeten und ihr die beiden großen Koffer in die Hand drückten. In einem der Koffer lag ihre Mappe mit allen Liedern, die sie geschrieben hatte. Sie kaufte sich eine Fahrkarte nach Nashville. Im Zug würde sie vielleicht sogar schon einige wichtige Kontakte knüpfen können.

Als der Zug den Bahnhof verließ, lag ihr die Zukunft zu Füßen. Sie reiste nach Nashville. Sie folgte ihrem Traum. Sie wollte mehr als ein behütetes, schlichtes Leben mit Sam Lindeman. Sie wollte eine große Bühne und ein volles Haus, einen Schallplattenvertrag und all den Glanz und Glamour, der dazugehörte. Sie wollte keine Hochzeit und keine schreienden Kinder.

Sie wollte alles, was das Morgen ihr bot.

Auf der langen Fahrt nach Nashville war sie sich absolut sicher, dass sie dort finden würde, was sie suchte.

Sarah legte den Papieranhänger auf ihren Schoß.

Rücken und Beine schmerzten vom langen Sitzen auf der Bettkante. Sie schloss die Lider, um die Tränen zu verdrängen, die ihr in die Augen traten. Das Ritual ging nicht schmerzlos an ihr vorüber. Vor allem nicht am Anfang. Wie hatte sie seinerzeit nur von zu Hause wegziehen können?

Sarah putzte sich die Nase und setzte sich ein wenig aufrechter. Genug davon. Sie wollte sich immer nur einen Teil der Geschichte nach dem anderen vornehmen. Sie öffnete die Augen und hängte den Papieranhänger mit zitternden Fingern an einen der unteren Zweige des Weihnachtsbaums. Anschließend zog sie ihre Beine wieder aufs Bett und ruhte sich in ihren Kissen aus. Sie betrachtete den Baum. Er war nur klein und dünn und das Grün war schon ganz verblasst. Ihr Blick fiel auf den Anhänger.

MORGEN.

Langsam presste sie die Luft durch die Zähne und schaute zum Fenster. Nun würde ihr Lied kommen. Nicht der Text. Der Text war noch nicht dran. Aber wenigstens die Melodie. Die Töne, die alles verändert hatten. Die Noten waren in ihrem Gedächtnis haften geblieben.

Das Lied konnte sie nicht eher erreichen, bevor sie zum Fenster kam. Im Moment war sie einfach noch zu müde, um aufzustehen. Sie wartete zehn, fünfzehn, zwanzig Minuten, bis sie endlich wieder etwas Kraft hatte. Sarah schob ihre Beine energischer über die Bettkante als am Tag zuvor. Sie griff nach ihrem Gehwagen und schaffte es bis zum Fenster. Wie gut, die Bank stand noch da. Und jetzt, da die zwölf Tage begonnen hatten, konnte sie sie fast erkennen, die beiden Personen. Die beiden, die dort saßen.

Sie und Sam.

Der erste Ton entwich ihrer Kehle. Zunächst leise. Dann lauter. Bis ihr Summen den ganzen Raum erfüllte. Sie lehnte sich gegen das Fenster, öffnete den Mund, schaute zum Himmel, und die Melodie erklang, als sei sie in ihrem verschlossenen Mund gefangen gewesen. Ihr geliebter Sam war irgendwo dort oben. Konnte er sie in diesem Moment sehen? Sie hören?

Die Tür öffnete sich hinter ihr. „Sarah?"

Sie drehte sich nicht um. Das Lied ließ sich von nichts und niemandem unterbrechen. Es klang in ihr weiter. Sarah musste es immerzu summen, bevor der erste Tag zu Ende ging. Sie summte die Verse und den Refrain. Als es zu Ende war, schaute sie ein letztes Mal zur Bank und drehte sich dann langsam um.

„Ja bitte?"

Beth hatte sich ans Fußende von Sarahs Bett gesetzt. „Das war himmlisch. Irgendwer hat mir erzählt, dass Sie hin und wieder singen."

„Ja." Sarah lächelte. Die Minuten, die sie in der Vergangenheit verbrachte, waren nie lang genug. Sie schob ihren Gehwagen zum Bett zurück und ließ sich von Beth helfen.

„Sind Sie von Beruf Sängerin gewesen?" Beth klemmte Sarah die Bettdecke unter die Arme. In ihrer Stimme lag Bewunderung. „Ich meine, haben Sie Schallplattenaufnahmen gemacht oder so?"

Sarah betrachtete die junge Pflegerin und merkte, wie sich ihre Mundwinkel hoben. „Ja, das habe ich." Sie lehnte sich in ihre Kissen zurück. „Das ist eine lange Geschichte."

Beth schaute sich um, bis ihr Blick auf den kleinen Plastikweihnachtsbaum fiel. „Nur *ein* Anhänger?"

Sarah folgte ihrem Blick. „Für's Erste."

„MORGEN", las Beth und sah genauer hin. Sie schaute Sarah an. „Hat das etwas zu bedeuten?"

„Ja." Sarah legte ihre Hände ineinander. „Sehr viel sogar." Sie wies mit dem Kopf zu den Briefumschlägen, die auf dem Nachttisch unter dem Baum ausgebreitet lagen. „Ein Anhänger für jeden der zwölf Tage bis Weihnachten."

„Ich verstehe." Beth strich die Bettdecke glatt. „Steht auf jedem Anhänger ein Wort geschrieben?"

„Ein Wort… und eine Geschichte." Sarah wurde es warm ums Herz. „Bitte bleiben Sie morgen etwas länger. Ich möchte Ihnen gern die Geschichte erzählen, die zum zweiten Anhänger gehört. Und nach dem zwölften Tag verrate ich Ihnen das Geheimnis."

„Das Geheimnis?" Beth hob eine Augenbraue.

„Das Geheimnis der Liebe." Sarah lächelte müde. „Es lohnt sich, es zu entdecken, Beth."

„Nun…" Beth nickte vorsichtig. Sie hielt Sarahs Blick stand. „Bestimmt haben Sie recht. Ich sollte mir das mal anhören, das mit dem Geheimnis der Liebe und so, meine ich."

Sarah biss sich auf die Zunge. Beth musste denken, dass sie eine senile alte Frau war, die fantasierte. Dabei war sie sehr klar bei Verstand, doch das würde sie für sich behalten. Beth würde es selbst herausfinden müssen.

Sie hatten sich im Moment nichts weiter zu sagen, deshalb tätschelte Beth einfach nur behutsam Sarahs zarte Hand. „Gleich gibt es Abendbrot. Das wollte ich Ihnen nur gesagt haben." Sie erhob sich und ging auf die Tür zu. Kurz davor blieb sie stehen. „Sarah?"

„Ja?"

„Haben Sie das Lied, das Sie vorhin gesummt haben, selbst geschrieben?"

„Ja." Sarah schloss die Augen und blickte anschließend wieder Beth an. „Es gehört zu meiner Geschichte."

Beth nickte. „Hab ich mir schon gedacht."

Einen Augenblick lang glaubte Sarah, die junge Frau würde weitere Fragen stellen. Doch die griff zur Türklinke. „Ich hole das Essen."

Kaum hatte Beth das Zimmer verlassen, wusste Sarah Bescheid.

Sie war es also doch. Der Mensch, um den Sarah Gott gebeten hatte. Gott würde sie wieder zu ihr schicken. Morgen würde sie wiederkommen. Sie würde sich ihre Geschichte anhören. Sie würde etwas über den zweiten Anhänger erfahren, Hoffnung aus der Erzählung schöpfen und das Lied lernen.

Vielleicht würde Beth das Lied am zwölften Tag sogar alleine singen.

KAPITEL 3

Das Lied ließ Beth nicht mehr los.

Sie summte es auf der Heimfahrt nach Spartanburg vor sich hin. Es war schon traurig, so ein Leben im Pflegeheim. Die alte Dame konnte einem leidtun. Saß einsam und allein in ihrem Zimmer. Summte ein altes Lied vor sich hin und erzählte Geschichten aus der Steinzeit, die keinen Menschen mehr interessierten.

Beths Autoradio war kaputt und so wanderten ihre Gedanken zu dem vor ihr liegenden Abend. Heute musste es sein. Sie hatte sich die Sache lange genug mit angesehen. Sie hatte sich die Konsequenzen gründlich überlegt. Ihr Entschluss stand fest. Beth nahm die Hand vom Lenkrad und suchte in ihrer Handtasche nach einem Kaugummi. Mit dem Blick auf die Straße öffnete sie das Papier. Sie stopfte die Papierfetzen in die Handtasche zurück und steckte sich den Kaugummi in den Mund.

Ja, heute Abend war der richtige Zeitpunkt.

Schon vor Wochen hatte sie ihrer Mutter gesagt, dass sie sich vorübergehend von ihrem Mann trennen müsse und wieder zu Hause einziehen wolle. Mit Bobby hatte sie bisher noch nicht über eine Trennung gesprochen. Ihm hatte sie noch nicht gesagt, dass der langweilige Ablauf ihres Ehe-Alltags sie inzwischen verrückt machte.

Sie sah Bobbys Gesicht vor sich – unbekümmert, treuherzig und zufrieden. Ein schlichtes Gemüt. Wie würde er die Nachricht aufnehmen? Und was war mit Brianna, ihrer fünfjährigen Tochter? Beth stellte sich ihre beiden vor, Bobby und Brianna. Garantiert sahen sie wieder fern, wie jeden Abend, wenn sie heimkam. Bobby arbeitete als Pfleger im Krankenhaus. Im Schichtwechsel von sechs bis vierzehn Uhr. Briannas Vorschule lag auf seinem Heimweg.

Was würde sich nach ihrem Gespräch verändern? Beth blinzelte in die Sonne, die unbekümmert hell und niedrig am Himmel stand. Das gute Wetter würde nicht mehr lange andauern. Schließlich war es Dezember.

Wieder kam ihr die Melodie der alten Dame in den Sinn.

Beth war sich sicher, dass die Geschichte der Alten etwas mit einem Mann zu tun hatte. Sarah Lindeman war fast neunzig Jahre alt. Aber sie war eine Frau. Und eine verliebte Frau konnte eine Liebesgeschichte nicht verheimlichen, ob sie nun neunzehn oder neunundneunzig Jahre alt war. Darum war sich Beth nicht sicher, ob sie sich die Schnulze anhören wollte oder nicht. Falls sich die alte

Frau ebenfalls ein Leben lang nach der wahren Liebe gesehnt haben sollte …

Vor ihr machte die zweispurige Straße erst eine Rechts-, dann eine Linkskurve. Sie sah ihre Ausfahrt. Ihre Wohngegend bestand aus acht Häuserblocks. Hier wohnten nur Leute mit geringem Einkommen. Die Häuser waren schmal und alt und wirkten beengt. Selbst durch unterschiedliche Farbgebungen und einige unterschiedliche Baumaßnahmen ließen sich die langweiligen Gebäude kaum voneinander unterscheiden.

Sie war keine Frau, die betete, aber wenn sie es wäre, so würde sie Gott jetzt um Hilfe bitten, sinnierte Beth. Sie hatte vorzeitig das College verlassen, um Bobby Baldwin zu heiraten. In den sieben Jahren, die sie sich kannten, hatte der Mann nichts dazugelernt. Was sie heute Abend vorhatte, würde ihn bestimmt umhauen. Sie parkte, griff nach ihrer Handtasche und ging ins Haus.

„Hallo?" Die Wohnungstür fiel hinter ihr ins Schloss. Beth ließ ihre Tasche auf den Küchentisch fallen. Sie sah Bobby und Brianna wie üblich auf dem Sofa sitzen und fernsehen. Beth kniete sich auf den Boden. „Na, wo ist meine kleine Brianna?"

„Mami!" Ihre kleine Tochter sprang von Bobbys Schoß herunter und rannte mit wippendem Pferdeschwanz durchs Zimmer auf sie zu. „Weißt du was?"

„Was denn, mein Kind?" Beth versuchte, sich interessiert zu zeigen. Sie kuschelte ihr Gesicht in Briannas goldblondes Haar und küsste sie auf die Nasenspitze.

„Ich habe für dich in der Schule ein Weihnachtsgeschenk gebastelt! Meins war das beste von allen!"

Beth lächelte. „Schenkst du es mir heute?"

„Nein!" Empört schüttelte Brianna den Kopf. „Es ist doch noch gar nicht Weihnachten, Mami!"

„Okay." Sie blickte über die Schulter ihrer Tochter zu Bobby. „Weißt du was, Liebling? Du und Papi, ihr könnt später weiter fernsehen."

Bobby warf ihr einen erstaunten Blick zu. Beth ignorierte ihn. Sie stand auf und begleitete Brianna über den Flur ins Kinderzimmer. „Wie wäre es, wenn du für Papa ein Bild malen würdest?"

Brianna war begeistert. Ihre Augen strahlten vor Freude. „Au ja, Mami! Dann hab ich auch ein Geschenk für Papi!"

„Ja, mein Schatz." Beth hob ihre Tochter hoch, hielt sie eine Weile auf dem Arm und setzte sie wieder ab. „Das wäre sehr, sehr schön."

Als Brianna gut beschäftigt war, ging Beth zu Bobby ins Wohnzimmer zurück. Sie merkte, dass er sie anschaute, als sie in sein Blickfeld kam. Aber sie schaute ihn nicht eher an, bis sie sich an das gegenüberliegende Sofa-Ende gesetzt hatte.

„Ist was?" Er blickte flüchtig zu ihr hinüber. Körper und Kopf blieben auf den Bildschirm gerichtet. In seiner Hand hielt er die Fernbedienung.

Beth betrachtete ihren Mann geringschätzig von oben bis unten. Unter der alten Baseballkappe schauten braune Haarbüschel hervor. Wie immer trug er das blaue

Flanellhemd, das er seit fünf Jahren jeden Winter trug. „Mach bitte den Fernseher aus, Bobby!“ Sie verschränkte die Arme ineinander. „Wir müssen miteinander reden.“

Er drückte auf den Knopf der Fernbedienung und der Bildschirm wurde schwarz. Bobby wuchtete seinen Körper in ihre Richtung. „Okay.“ Sein bübisches Lächeln war immer noch süß. In dem Moment fiel ihr ein, dass dieses Lächeln ein Grund gewesen war, weshalb sie überhaupt etwas mit ihm angefangen hatte. „Wo brennt's?“

Sie war sprachlos. *Na, großartig!,* dachte sie wütend. *Er hat keinen blassen Schimmer, wo es bei uns brennt!* Sie holte einmal tief Luft und sagte dann: „Ich verlasse dich, Bobby. Brianna und ich ziehen zu meiner Mutter.“

Bobby war ein paar Sekunden lang still. Dann lachte er hell auf. „Was soll das denn? Soll das ein schlechter Weihnachtsscherz sein oder was?“

„Nein.“ Beth zuckte nicht mit der Wimper. „Ich habe bereits die Koffer gepackt.“

Das Lächeln in Bobbys Augen erstarb. Ihm fiel der Unterkiefer herunter. „Meinst du das ernst?“

„Ja.“

Frustration und Ärger machten sich auf seinem Gesicht breit. „Nun mach aber mal halblang, Beth. Wir haben uns seit einem Monat nicht mehr gestritten und du willst ohne Vorwarnung auf und davon? Und das zu Weihnachten?“ Er warf den Kopf in den Nacken und stieß Luft aus. „Wer oder was dich auch immer geärgert haben mag, Beth, das ist deine Sache. Lass es gefälligst nicht an mir aus, ja?“ Er sah sie wütend an. „Kann ja sein, dass du einen schlechten Tag hattest. Dann leg dich ins Bett oder lauf eine Runde um den Block. Aber drohe nicht damit, die Koffer zu packen, Beth. Das geht entschieden zu weit!“

Ganz ruhig, sagte sie sich. *Bleib ganz ruhig.* Sie hatte diese Reaktion von ihm erwartet. Ihre Stimme klang freundlich. Ruhiger als seine Stimme. „Mich hat heute nichts und niemand geärgert. Und ich hatte auch keinen schlechten Tag.“ Sie fuhr sich mit der Zunge über die trockenen Lippen und suchte nach Worten. „Hör zu, Bobby. Ich habe mir das gut überlegt. Das hier –“ Sie ließ ihren Blick durch das spärlich möblierte Wohnzimmer schweifen und zeigte mit der Hand auf ihre billige Küche. Dann sah sie wieder zu ihm. „So wie wir leben, du und ich, so hatten wir uns das beide nicht vorgestellt.“

„Oh, ich verstehe.“ Bobbys Augen blitzten. Er war ein gutmütiger Mensch. Beth hatte ihren Mann nur selten wütend gesehen. Nur einmal, als sie davon gesprochen hatte, dass sie sich mehr vom Leben wünschte, hatte er seine Gitarre genommen und sie gegen die Schlafzimmerwand geknallt. Sie hoffte, dass er jetzt nicht wieder eine Szene machen würde. „Es gibt einen anderen. Hab ich recht?“

Sie seufzte tief. „Nein, es gibt keinen anderen. Es geht nur um dich und mich. Ich …“ Sie hob die Schultern und ließ sie wieder sinken. „Ich kann einfach so nicht weiterleben.“

Er nickte sarkastisch. „Schön. Sehr schön, Beth.“ Bobby war beleidigt. „Ich dachte, dass Ehen, die im Himmel geschlossen werden, nicht kaputtgehen. Waren das nicht deine Worte?" Bobby stand auf und sah sie eindringlich an. „Und was ist nun mit dem ganzen frommen Getue – für Gott leben und nach seinem Willen fragen und so?"

Auch auf diesen Vorwurf war sie vorbereitet. „Damals war ich jung. Wir sind beide christlich erzogen worden. Und seitdem? Wann bist du das letzte Mal am Sonntag mit uns in den Gottesdienst gegangen? Und da wir schon gerade bei dem Thema sind: Wann bist du das letzte Mal überhaupt mit mir oder uns irgendwohin gegangen?"

„Das brauche ich alles nicht, Beth." Er deutete zum Flur. „Bitte leise. Brianna kann dich hören."

Das war Beth ganz egal. Sie stand auf und trat wütend gegen das Sofa. Sie sah ihn durchdringend an. „Es ist doch jeden Abend dasselbe. Du sitzt hier und siehst dir den ganzen Fernsehquatsch an, und dann schläfst du ein, noch bevor dein Kopf das Kopfkissen berührt. Wir lachen nicht miteinander und unterhalten uns nicht und tanzen nicht und unternehmen auch sonst nichts miteinander." Sie wurde lauter, als sie es vorgehabt hatte. „Ich hatte Träume, als ich dich kennenlernte." Sie stieß einen Laut aus, der mehr nach Weinen als nach Lachen klang. „Jetzt sieh mich doch mal an! Ich kann keinen einzigen Tag mehr mit dir ertragen, Bobby. Keinen einzigen mehr!"

Sein Mund öffnete sich, und für einen Augenblick sah es so aus, als wolle er sie anschreien. Doch dann biss er die Zähne zusammen und schaute weg.

„Du hast mir mehr versprochen, Bobby." Sie machte eine Pause und ihre Stimme verlor an Schärfe. „Schau! Das kannst du doch nicht leugnen. Was wir machen, hat keinen Sinn! Wir existieren. Sonst nichts."

Als er sie wieder anschaute, war die Kampfbereitschaft aus seinen Augen verschwunden. „Siehst du das wirklich so?"

Ihre Lippen wurden ganz schmal. „Ja." Ein Schluchzen unterstrich ihre Worte. „Ich liebe dich nicht mehr, Bobby. Ich kann … ich kann mir nichts einreden, was nicht mehr da ist. Ich brauche Zeit. Brianna und ich werden bei meiner Mutter bleiben, bis ich klar sehe, wie ich mich entscheiden muss."

Bobby versuchte einzulenken: „Zwölf Tage vor Weihnachten, Beth? Kannst du nicht noch ein paar Wochen warten? Gib mir eine Chance, mich zu ändern!"

„Nein!" Sie ließ ihm kaum Zeit, seine Bitte auszusprechen. Angst nahm sie gefangen und machte sie knochenhart. „Ich will es nicht noch einmal versuchen. Du schaffst es nicht, Bobby. Wir haben schon ein Dutzend Mal darüber geredet. Dann geht es ein oder zwei Wochen lang etwas besser. Aber anschließend sind wir wieder genau an dem Punkt angelangt, wo wir jetzt stehen." Sie breitete ihre Arme aus. „Dieses … dieses Leben, das wir leben, ist *dir* genug. Wenn ich wieder nachgebe, ändert sich gar nichts. Es hat sich bisher nie etwas geändert."

„Nun gut." Sein Blick wurde hart wie Stahl und er trat einen Schritt zurück. „Wenn du mich nicht liebst, möchte ich nicht, dass du deine Meinung änderst. Aber denk bitte an unsere Tochter. Du willst jetzt, ein paar Tage vor Weihnachten, ausziehen? Was, glaubst du, wird sie dabei empfinden?" Er machte eine Pause. „Warte damit wenigstens noch zwei Wochen! Brianna zuliebe. Und dann hau ab!" Er quetschte die letzten Worte bissig durch die zusammengepressten Zähne: „Ich werde nicht versuchen, dich zu halten, Beth."

Beth blieb der Mund offen stehen.

Was hatte er gesagt? Er würde nicht versuchen, sie zu halten, wenn sie ihn nach Weihnachten verließe? Das war es doch, was sie wollte. Er sollte sie gefälligst gehen lassen. Oder etwa nicht? Das hatte sie sich doch schon seit zwei Jahren gewünscht! Sie hatte erwartet, dass sie sich neu und lebendig fühlen würde, wenn Bobby sie gehen ließe. So, als bekäme sie eine zweite Chance für ihr Leben. Und warum fühlte sie sich jetzt nicht befreit?

Stattdessen rutschte ihr das Herz in die Hose. Eine Leere machte sich in ihr breit und nahm ihr die Luft zum Atmen.

Sie setzte sich wieder ans Sofa-Ende. „Ich soll über Weihnachten noch bei dir bleiben?"

„Nicht meinetwegen." Sein Blick wurde noch härter. „Wegen Brianna."

Beth seufzte auf. Wenn sie sowieso gehen wollte, war es das Beste, sie ginge sofort. Oder etwa nicht? Im Grunde hatte sie sich ganz bewusst für diesen Zeitpunkt entschieden. Durch die Weihnachtsfeiertage wäre Brianna zunächst abgelenkt. Sie würde nicht so traurig sein müssen. Der Abschied wäre sozusagen sanfter.

Aber jetzt, wo die Fakten auf dem Tisch lagen, ergaben Bobbys Argumente auch Sinn.

Wenn sie zu Hause blieben, hätte wenigstens Brianna ein fröhliches Weihnachtsfest, selbst wenn ihre Eltern sich innerlich voneinander trennten. Sie konnten die Wahrheit von ihr fernhalten, bis der Monat zu Ende war, sodass Weihnachten nicht verdorben wäre, auch wenn es Brianna dann sehr schmerzen würde.

„Beth, was ist jetzt?" Bobby verlagerte sein Gewicht und ließ die Kiefermuskeln spielen.

„Okay." Sie schaute zur Zimmerdecke. „Ich werde bis Ende des Monats bleiben. Aber danach gehen wir."

„Und bis dahin?" Bobby schaute zur Seite. Sein Ton war so eisig, dass sie am ganzen Körper fror.

„Sieh mal –" Am liebsten wollte sie sich mit ihm weiterstreiten. Plötzlich änderte sie ihre Meinung. Ihr ging langsam die Puste aus. Sie wurde traurig. „Ich habe nichts gegen dich, Bobby. Ich ... ich liebe dich nur nicht mehr so wie früher. Aber Brianna muss das nicht wissen." Beth zögerte. Sie hatte nicht einkalkuliert, dass sie noch die Wohnung mit ihm teilen musste, nachdem er ihre Gefühle ihm gegenüber kannte. „Ich finde, wir sollten vernünftig sein. Anderenfalls kann ich heute auch noch gehen."

„Vernünftig?" Er schaute sie wieder an. Dieses Mal erkannte sie den tiefen Schmerz in seinen Augen. Obwohl er sich offensichtlich bemühte, gleichgültig zu wirken.

„Du sagst mir zwei Wochen vor Weihnachten, dass du ausziehst, Beth. Ist das vernünftig?“

Sie drehte noch zwei weitere Verteidigungsrunden um ihre Gründe und Erklärungen und seine Versprechungen, aber das führte zu nichts. Am Ende kamen sie überein, Distanz zu wahren und sich auf ihre Tochter zu konzentrieren. Sie wollten Brianna ein wunderschönes Weihnachtsfest bereiten, unabhängig davon, was das neue Jahr für sie als Familie bringen würde.

Beth zog sich an jenem Abend von ihrem Mann zurück. Kurz nach einundzwanzig Uhr schlich sie in Briannas Zimmer und legte sich auf den Fußboden. Zuerst konnte sie überhaupt nicht einschlafen. Ein Film lief vor ihren Augen ab. Bobby und sie bei ihrem ersten Rendezvous. Bobby und sie, wie sie im Schnee tollten. Bobby und sie, wie sie Brianna die ersten Schritte beibrachten. Die Folge der Bilder war endlos. Und zu allen Bildern spielte im Hintergrund dieselbe Melodie. Es war die Melodie, die sie seit dem frühen Morgen verfolgte. Die Melodie, die die alte Dame gesummt hatte.

Sarahs Lied.

KAPITEL 4

Nun, da die zwölf Tage einmal begonnen hatten, fand Sarah den Sprung von der Gegenwart in die Vergangenheit nicht mehr so schwierig. Die Wörter HOHE ERWARTUNGEN zierten den Anhänger in dem zweiten Umschlag. Als sich Sarah sicher war, dass die junge Pflegerin nicht erscheinen würde, gab sie sich allein ihren Erinnerungen hin.

~

An einem kalten Januarabend kam Sarah in Nashville an. Sie hatte mehr Erwartungen als Geld. Aber das störte sie nicht. Ihre Erwartungen würden nicht enttäuscht werden. Da war sie sich ganz sicher. Sie wollte ihre Lieder der ersten Schallplattenfirma, die sie finden konnte, vorlegen, einige ihrer Lieblingslieder singen und sich von den Produzenten die Einzelheiten eines Vertrags erklären lassen.

Im Übrigen stand bei ihr Geld nicht im Vordergrund. Wenn es zum Leben reichte, war das in Ordnung. Mehr brauchte sie nicht. Wichtig waren für sie Tourneen. Jeder in dieser Branche wusste, dass eine Tournee dringend nötig war, um bekannt zu werden und einen Hit in die Charts zu bringen. Ihre Plattenfirma musste sie unbedingt auf Tournee schicken. Darauf würde sie bestehen.

Für die erste Nacht nahm Sarah ein Hotelzimmer. Ausreichend Geld hatte sie. Damit ließ sich etwa ein Monat überbrücken. Aber so lange würde es wohl nicht dauern. Sie gab sich zwei Wochen. Bis dahin würde sie wissen, wo es für sie langging. Bis dahin hatte sie einen Vertrag und dann ging es auf ihrer Gesangskarriereleiter nur noch steil bergauf.

Ihre Eltern hatten mit ihr gebetet, bevor sie das Haus verlassen hatte. In der ersten Nacht, in der sie allein in einer ihr völlig unbekannten Stadt in einem dunklen Hotelzimmer lag, fielen ihr die Worte wieder ein, die ihre Eltern gebetet hatten:

Du kennst Sarahs Herz, Gott, und du kennst die Zukunft, die vor ihr liegt. Bewahre sie, und lass sie den Platz, die Aufgaben und die Pläne finden, die du für sie hast.

Sarah wiederholte das Gebet mehrmals hintereinander und fügte ihre eigenen Bitten hinzu. Dabei fiel ihr etwas auf: Dies war das erste Mal, dass ihre Eltern nicht in ihrer Nähe waren, während sie im Bett lag. Und doch fühlte sie sich wie zu Hause. Sie hatte keine Angst und fühlte sich wohl.

Sam Lindeman kam ihr in der ersten Nacht nicht ein einziges Mal in den Sinn.

Am nächsten Morgen machte sie sich auf die Suche nach einer Plattenfirma. Bis zum Abend hatte sie festgestellt: Es war sehr viel schwieriger, Interesse bei den Produzenten zu finden, als sie gedacht hatte.

Die erste Woche ging sang- und klanglos in die zweite über. Sie tigerte zu Agenturen und Produzenten und in die Büros der Aufnahmestudios. Hin und wieder betrachtete man sie von oben bis unten und hob mal neugierig eine Augenbraue. Anschließend wurde sie meist zu einem Talentschuppen oder zu einem Vermittler oder irgendeinem anderen Menschen am anderen Ende der Stadt geschickt.

„Kommen Sie wieder, wenn Sie uns eine Tonbandaufnahme dalassen können, schönes Kind!“, hörte sie die Männer immer wieder sagen.

Am Ende des ersten Monats waren Sarahs hohe Erwartungen bis auf eine einzige Vokabel geschrumpft: überleben. Sie schleppte ihre Koffer in ein schmuddeliges Hotel in einem der verwahrlosesten Stadtteile Nashvilles. Da das Beten zu Gott offensichtlich auch nichts half, ließ sie es schließlich irgendwann bleiben. Damit hatte sie sich ein Stück weiter von den Werten ihrer Vergangenheit gelöst. Es machte sie unabhängiger. Und diese Unabhängigkeit fühlte sich gut an. Was sie tat, musste sie schließlich selbst verantworten – sei es gut oder böse.

Mit Gott hatte das nichts zu tun.

Sarah war sich sicher, dass ihre Eltern über ihre neue Einstellung schockiert wären. Darum sprach sie nicht mit ihnen darüber.

„Du vergisst doch das Beten nicht, Sarah?“, fragte ihre Mutter am Telefon.

„Nein, natürlich nicht, Mama“, log sie. „Ich bete immer.“

„Wir auch. Gott wird dir den Weg zeigen, Liebling. Halte die Augen offen.“

„Ja, Mama, das tue ich.“

Ihr Vater fragte immer dasselbe: „Hast du Arbeit gefunden, Sarah?“

„Ich suche noch, Papa. Aber mach dir keine Sorgen. Eines Tages klappt es bestimmt.“

Ein- oder zweimal in der Woche telefonierte Sarah mit ihren Eltern. Die Gespräche endeten immer gleich. Ja, sie habe genug Geld; ja, es gehe ihr gut; ja, ihr großer Durchbruch stehe kurz bevor.

Ihre Eltern erwähnten Sam nie. Und Sarah fragte auch nicht nach ihm. Sie wollte nichts wissen. Sie hatte Sam verlassen. Und das Leben des braven Kirchenchormädchens, das ihr ohnehin keinen Spaß gemacht hatte, auch. Sie war ein neuer Mensch geworden. Und sie glaubte felsenfest an das, was sie von ihrer Zukunft erwartete.

Ihr Einstieg ins Musikgeschäft würde gelingen. Eines Tages. Sie würde ihr Ziel erreichen. Koste es, was es wolle.

Sechs Wochen nach ihrer Ankunft in Nashville hatte Sarah bereits jede für sie infrage kommende Stelle in

Nashville zweimal abgeklappert. Sie hatte sich ein bestimmtes Gebiet abgesteckt und in einem Radius von zehn Häuserblocks jede Adresse abgelaufen, die für sie interessant war. Aber die Antwort war überall die gleiche: Sie brauchte Erfahrung und Referenzen.

Inzwischen hatte sie ihre Ausgaben auf zwei Mahlzeiten pro Tag reduziert – in einem Imbiss, der drei Häuserblocks von ihrem Hotel entfernt lag. Das Essen war fad und fettig. Ein Gericht schmeckte wie das andere. Doch konnte sie hier so viel essen, wie sie wollte. Und die Mahlzeiten hielten sie auf den Beinen. In der vergangenen Woche hatte sie ihr letztes Geld auf dem Hotelbett ausgebreitet und festgestellt, wie kritisch ihre Situation geworden war.

Sie besaß nur noch elf Dollar.

Wenn sie bis zum nächsten Tag keine Arbeit fand, musste sie das Hotel verlassen. Und dann? Ihre Eltern anrufen und gestehen, dass sie versagt hatte? Sie um Geld bitten und riskieren, dass sich ihre Träume als Hirngespinste entpuppen?

Sarah biss die Zähne zusammen und starrte ihre Mappe mit den Liedern an, die oben auf der billigen Kommode lag. Nein, das würde sie nicht zulassen. Sie wollte nicht aufgeben. Die schmutzigen Wände ihres verlausten Zimmers drohten sich auf sie zuzubewegen. Aber ehe sie aufgab, würde sie gegen diese Wände rennen. „Morgen habe ich einen Job. Und niemand muss mir dabei helfen!"

Bevor sie sich schlafen legte, stellte sie sich vor den Spiegel. Ihr langes blondes Haar und ihre Kirchenkleider ließen sie wie sechzehn erscheinen und nicht wie dreiundzwanzig. Vielleicht nahmen die Bosse sie ernster, wenn sie ihr Aussehen veränderte. In ihren Koffern mussten eine Schere und etwas Nähzeug stecken.

Mit wachsender Aufregung griff sie nach beidem, ging zurück zum Spiegel und begann zu schneiden. Fünfzehn Minuten später hatte sie sich ein völlig neues Aussehen gegeben. Ihre kurze Bobfrisur war zwar nicht wirklich professionell geschnitten, aber sie sorgte für ein flotteres Aussehen. Hastig nahm sie das farbenfroheste Kleid, das sie besaß, aus dem Schrank, hielt es vor dem Spiegel an ihren Körper und schnitt es anschließend auf der Waschkommode kürzer. Sie nähte mit großen Stichen den Saum um, streifte das Kleid über und grinste. Vorher hatte ihr der Rock fast bis zu den Knöcheln gereicht und locker ihre Hüften und Taille umspielt. Jetzt reichte er gerade noch bis zu den Knien. Aus dem restlichen Stoff nähte Sarah in Windeseile einen Gürtel, den sie fest um ihre Taille band. Zu guter Letzt öffnete sie die oberen Knöpfe des Kleides. Wieder betrachtete sie sich im Spiegel.

Sie wollte ihrem Spiegelbild kaum glauben und riss begeistert die Augen auf. Sie sah völlig verändert aus. Ihre Figur war erstaunlich gut. Das hatte sie bisher noch gar nicht gewusst. Und dazu ihr neuer Haarschnitt. Sie konnte den nächsten Morgen kaum erwarten.

Am nächsten Tag ging sie zu *Trailway Records*, wo sie bereits ganz zu Anfang vorgesprochen hatte. Ein junger Mann bediente die Telefone. Als sie durch die Tür trat und ihren Mantel ablegte, verschluckte er sich an einem Schluck Kaffee. Er lächelte sie an und bedeutete ihr schweigend, indem er einen Finger hob, zu bleiben.

Sarah nickte und setzte sich auf einen Stuhl in seiner Nähe. Sie presste die Mappe mit ihren Liedern gegen ihren Oberkörper und schlug kess die Beine übereinander, wie sie es in Kinofilmen gesehen hatte. Sie wollte, dass der junge Mann einen Blick auf ihre wohlgeformten Beine warf.

Nach zwei Minuten hatte er sein Telefonat beendet und sprang hinter seinem Schreibtisch hervor.

„Hallo." Er lächelte sie an. „Kann ich etwas für Sie tun?"

„Ja." Sarah stand auf und beglückte den Mann mit einem Blick, den sie noch morgens vor dem Spiegel geübt hatte. „Ich bin Sängerin." Sie strahlte ihn an. „Ich brauche einen Job."

„Verstehe." Der Mann nickte eifrig. „Ich glaube, da können wir Ihnen helfen." Er stellte sich als Mr Hamilton vor. Sofort rief er einen Kollegen im Nebenzimmer an. Bevor Sarah begreifen konnte, was geschah, stand sie auf einer kleinen Bühne vor vier Männern. Einer setzte sich ans Klavier und ließ die Melodie zu ihren Liedern erklingen.

„Okay, Sarah", sagte einer der Männer. „Lassen Sie uns hören, was Sie zu bieten haben."

Sie sang drei Lieder. Doch bereits nach dem ersten schienen sie nicht mehr zuzuhören. Die drei Männer steckten die Köpfe zusammen und flüsterten. Sarah spürte ihre freudige Erregung. Die sprachen bestimmt über Einzelheiten ihres Vertrages. Gleich würden sie ihr zuwinken und ihr weiter zuhören wollen. Sarah war so glücklich, dass sie darüber fast ihren Text vergaß.

Als die Männer fertig waren, kam Mr Hamilton auf sie zu und gab ihr ein Zeichen, ihren Gesang zu beenden.

Sie war außer Atem. Das war er also, der große Moment, auf den sie so sehnsüchtig gewartet hatte. Gleich würde man ihr einen Vertrag überreichen. Damit hatte sie ihr Ziel erreicht. „Bin ich angenommen?"

„Ja", lächelte Mr Hamilton vergnügt. „Unsere Büroangestellte hat uns gestern verlassen." Dem Klang seiner Stimme nach war das die beste Nachricht, die er ihr bieten konnte. „Wir würden Sie gerne einstellen – für das Telefon, die Ablage und alles, was hier so anfällt."

Sarah wurde puterrot. Hatte sie richtig gehört? „Telefonieren?" Eine Frechheit war das. „Und … was ist … was ist mit meinen Liedern? Mit meinem Vertrag?"

„Nun …" Mr Hamilton zögerte. Er drehte sich um und schaute die drei Männer an, die im Hintergrund warteten. „Wir können Ihnen vielleicht hin und wieder einen kleinen Job im Studio anbieten. Dass Sie im Background singen, bei Werbeaufnahmen mitarbeiten oder Ähnliches." Er lachte nervös. „Ja, nun, der Vertrag, der kommt später."

Er erklärte ihr die Vergütung. Fünfzig Dollar pro Woche plus Bonus, falls sie bei Arbeiten im Studio gebraucht würde.

Sarah hätte dem Mann am liebsten ins Gesicht gespuckt. Wie konnte er es wagen, ihr einen Job als Telefonistin und Büroschnepfe anzubieten? Aber sie bremste sich. Immerhin war das der erste Job, der ihr in Nashville angeboten worden war. Und der Mann im Hotel verlangte heute sein Geld. Er hatte ihr ein Angebot gemacht: Hundert Dollar im Monat, wenn sie ihr Zimmer selbst putzte. Bei diesem Job blieb ihr genug Geld fürs Essen. Vielleicht konnte sie sich sogar ein oder zwei neue Kleider kaufen.

Sie überdachte ihre Alternative: zu Hause anrufen und um eine Rückfahrkarte bitten.

„In Ordnung“, hörte sie sich sagen. Sie hob das Kinn. Für ein Lächeln war sie zu stolz. „Wann kann ich anfangen?“

Die Männer schauten einander an und Mr Hamilton räusperte sich. „Wenn Sie wollen, sofort.“

Sarah wollte. Am Ende dieses Tages hatte sie das Bürosystem verstanden. Bevor sie Feierabend machte, kam Mr Hamilton zu ihr. Die anderen waren schon gegangen. In den Augen des Mannes lag etwas Verheißungsvolles.

„Soll ich Sie ins Hotel fahren?“ Er streckte die Hand nach ihr aus und hob ihr Kinn an. „Vielleicht könnten wir uns noch ein wenig über die Arbeit im Studio unterhalten, die Sie gern haben möchten.“

Sarah überlief eine Gänsehaut. Sie schlüpfte in ihren Mantel und schüttelte energisch den Kopf. „Ich nehme ein Taxi. Danke sehr. Und ich möchte auch keine Arbeit im Studio, Mr Hamilton.“ Sie schnappte sich ihre

Liedermappe vom Schreibtisch und funkelte ihn zornig an. „Ich will einen Plattenvertrag."

Am Abend betrachtete sie sich noch einmal vor dem Spiegel und bewunderte ihre Verwandlung. Auch wenn sie auf ihrem Weg nach oben tausend Telefongespräche beantworten musste – was sollte es? Sie hatte einen Job in Nashville. Einen Job, den sie sich ganz allein besorgt hatte, ohne Verbindungen oder Beziehungen oder irgendwelche Gebete ihrerseits. Es war ihr eigener Job – fair und ehrlich erworben. Trotz der widrigen Umstände war Sarah mächtig stolz auf sich.

Sie war nach Nashville gekommen, um Karriere in der Musikindustrie zu machen. Jetzt war sie auf dem besten Weg, das zu schaffen.

„Es ist wie ein Traum, Mama", schwärmte Sarah ihren Eltern vor, als sie sie abends anrief. Die Telefon- und Büroarbeit erwähnte sie nicht. „Ich werde in Nashville singen."

„Sei vorsichtig, mein Kind!" Die Stimme ihrer Mutter klang immer etwas verhalten. Die ganze Situation bereitete ihr irgendwie Sorgen. „Ich kann nur immer wieder für dich beten. Sarah."

Ihr Vater war da unbekümmerter. „Sag uns rechtzeitig Bescheid, wann du auf der Bühne stehst. Wir kommen, um dich singen zu hören. Hast du gehört?"

„Dazu ist es noch etwas früh, Papi. Aber ich lass von mir hören." Sarah biss sich auf die Unterlippe. Es fiel ihr nicht leicht zu lügen. Immerhin war es nicht ganz gelogen. Eines Tages würde sie auf einer Bühne singen. Die Leute von *Trailway Records* konnten sie nicht mehr übersehen. Und irgendwann würden die Angebote nur so purzeln. Ein Vertrag, eine Tournee, eine Band, die mit ihr reiste. All das würde kommen, jetzt, wo sie mit einem Fuß im Studio stand.

Die Wochen und Monate eilten dahin. Die Annäherungsversuche von Mr Hamilton waren an manchen Tagen zahlreicher als die Telefongespräche und Papiere für die Ablage. Doch hin und wieder hielt er sein Wort und erlaubte ihr, im Studio mitzuarbeiten. An Backgrounds für ein kleines Stück oder an einer kleinen Melodie für eine Werbeaufnahme.

Wann immer Sarah vor einem Mikrofon stand, dachte sie: *Das hier ist ein weiterer Schritt in die richtige Richtung.* Was sie brauchte, war ein Sprungbrett. Ein Sprungbrett in ihre Karriere. Am Ende des dritten Monats bei *Trailway Records* fand Sarah, was sie gesucht hatte.

KAPITEL 5

Auf den zweiten Tag von Sarahs Weihnachtsritual folgte der dritte. Der Anhänger trug die Aufschrift BEGEISTERUNG. Auch heute noch war dies das einzige Wort, das Sarah einfiel, um zu beschreiben, was sie empfand, als Mitch Collins bei *Trailway Records* erschien.

Mitch war ein bekannter Countrysänger, der über Nacht berühmt geworden war. Ein Mann auf dem besten Weg, eine Legende zu werden. Erst zwei Jahre zuvor war er am Horizont aufgetaucht. Innerhalb kürzester Zeit hatte er sechsmal die Nummer eins in den Charts platziert. Mit seinen dunklen Augen und seiner sanften Stimme sang er sich in die Herzen der Leute. Mitchs einfühlsame Countrysongs hielten eine ganze Nation, die nach Sinn und Ziel suchte, in Stimmung. Die Plattenindustrie riss sich um seine Lieder.

Sarah wusste das. Sie liebte seine Musik. Bei *Trailway Records* hatte sie einiges über sein wildes Leben gehört.

Mitch war genau der Typ Mann, vor dem ihre Eltern sie schon früh gewarnt hatten. Lachend hatte sie damals immer abgewinkt. Nashville war eine große Stadt. Nie hätte Sarah sich vorstellen können, einem Mann wie Mitch live zu begegnen.

In diesem Monat liefen seine Verträge aus und er schaute sich nach einer neuen Plattenfirma um. Darum wollte er einen Gesprächstermin mit den Verantwortlichen von *Trailway Records* wahrnehmen. Die Luft knisterte förmlich, als Mitch und sein Agent das Büro betraten. Sarah hatte davon nichts mitbekommen, weil sie den ganzen Tag im Studio an einer Werbevorführung arbeitete.

Sarah versuchte gerade, einem alten Song neuen Ausdruck zu verleihen, als Mitch die Tür zum Studio öffnete, sie sah und wie gebannt stehen blieb. Sarah vergaß zu atmen. Er war in Wirklichkeit noch attraktiver, als sie gedacht hatte. Sie spürte, wie sein Blick ihr die Röte ins Gesicht trieb. Trotzdem ließ sie sich nicht ablenken und achtete konzentriert auf die Anweisungen des Produzenten zu ihrem Lied.

Als die Musik verstummte, wurde eine Pause eingelegt. Mitch ging schnurstracks auf Sarah zu.

„Hallo!“ Er lächelte sie fröhlich an. Seine Augen musterten ihre Figur von oben bis unten. Er reichte ihr die Hand. „Ich bin Mitch.“

„Hi.“ Sarah spürte seine Hand in ihrer. Die Faszination überwältigte sie. Sie schluckte. Wo war ihre Stimme geblieben? „Ich bin Sarah“, krächzte sie.

„Schön, Sarah." Mitch löste seine Hand aus der ihren und trat noch einen Schritt näher. Er war von einem ganz besonderen Flair umgeben. So etwas hatte Sarah noch nie erlebt.

„Seit wann beschäftigt *Trailway Records* einen Engel?"

Sie lächelte und spürte, wie ihre Wangen wieder glühten. Mitch Collins sprach mit ihr und machte ihr Komplimente. Einen Moment lang wich sie seinem Blick aus und schaute zu Boden, weil sie nicht wusste, was sie sagen sollte. Sie ermahnte sich innerlich, das Ganze nicht zu ernst zu nehmen. Wenn die Geschichten über Mitch stimmten, verhielt er sich allen Frauen gegenüber in dieser Weise.

„Ich habe Ihre Stimme gehört, als ich im Büro mit den Herren verhandelte." Sein Tonfall war sanft. Liebenswert. „Ich musste unbedingt nachschauen, woher diese Stimme kam." Er griff wieder nach ihrer Hand, begleitete sie bis ans Ende der Bühne zur Treppe und führte Sarah die drei Stufen hinunter. „Ich finde Sie verblüffend gut, Sarah. Alles an Ihnen."

„Danke." Sarah hoffte, dass ihre Hände nicht schwitzten. *Beruhige dich,* sagte sie sich. *So etwas sagt er zu jeder.* Sie blickte zurück zum Produzenten im Regieraum. Die Pause war für sie gleich zu Ende, auch wenn Mitch Collins mit ihr sprach.

„Sarah, schauen Sie mich an."

Sie blickte ihm in die Augen. „Ja?"

„Ich möchte Sie hier rausholen.“ Er nahm ihre rechte Hand und strich ihr mit seinem Daumen über den Handrücken. „Singen Sie für mich die Backings auf meiner Tournee. Wenn wir dann nach Nashville zurückkehren, mache ich den größten Star aus Ihnen, den diese Stadt je gesehen hat.“

Sie spürte, wie sie den Boden unter den Füßen verlor. Sarah musste mit aller Kraft ihre Knie durchdrücken, um nicht zusammenzuknicken. Mitch Collins wollte, dass sie für ihn im Background sang und mit ihm tourte? Er wollte etwas aus ihr machen? Dabei kannte er sie gerade mal seit fünf Minuten.

„Ich … ich weiß gar nicht, was ich sagen soll.“

Mitch lachte und drückte ihre Hand. Dann, als sei es das Natürlichste auf der Welt, beugte er sich zu ihr und küsste sie auf die Wange. „Sagen Sie Ja, Sarah. Sie werden es keine einzige Minute bereuen.“

An jenem Abend wurde Sarah von einem Fahrer zur Suite des Countrysängers chauffiert, wo dessen Personal ihnen beiden gedünsteten Fisch und wilden Reis servierte. Dazu tranken sie süßen Tee aus Kristallgläsern. Sarah musste sich immer wieder kneifen, um sich klarzumachen, dass sie nicht träumte. Nach dem Essen erklärte er ihr seine Situation. Seine Backgroundsängerin war in der vergangenen Woche zu ihrer Familie gefahren. Am kommenden Montag sollte seine neue Tournee starten – zehn Wochen mit dem Bus durch die Südstaaten Amerikas.

„Hamilton hat mir erzählt, dass Sie selbst Lieder schreiben." Mitch hatte den hautengen Einreiher vom frühen Nachmittag abgelegt. Außerhalb der Studioatmosphäre sah er nicht mehr nach dem Shootingstar der Countrymusik aus. Er gab sich natürlich und höflich. Ein Mann, der Charme versprühte und Vertrauenswürdigkeit ausstrahlte.

„Ja, das stimmt." Sie verzog das Gesicht, während sie an dem heißen Tee nippte. „Erstaunlich, dass Hamilton sich daran erinnert."

„Er sagte mir, Ihre Lieder seien sehr gut."

„Wirklich?" Sarahs Herz machte einen Hüpfer.

„Ja." Mitch warf die Serviette auf seinen Teller und stand vom Tisch auf. Er stand ihr gegenüber auf der anderen Seite des Tisches und ließ sie nicht aus den Augen. „Ich meine es ernst mit meinem Angebot, Sarah. Singen Sie für mich auf meiner Tournee. Dafür werde ich Ihre Lieder in den Äther bringen, noch bevor der Sommer zu Ende geht."

Er machte eine Runde um den Tisch herum und blieb neben ihr stehen. Er reichte ihr mit einer vertrauten Geste seine Hand, wartete, bis sie aufgestanden war, und führte sie ins Wohnzimmer. Bevor sie das Sofa erreichten, blieb er stehen und wandte sich ihr zu. „Sarah …" Er zog sie sanft bis auf wenige Zentimeter an sich heran, bevor sie begreifen konnte, was geschah. „Du bist wunderschön."

Einen Augenblick lang erinnerte sich Sarah, wie Sam genau diese Worte zu ihr gesagt hatte. Sie wehrte sich gegen die Erinnerung. Mitch war ihr so nahe, dass sie seinen Atem spürte und den Duft seines unverwechselbaren Eau de Cologne wahrnahm. „Danke, Mitch."

Ohne zu zögern, nahm er sie in seine Arme und küsste sie. Plötzlich gab es kein Zurück mehr. Sie verließ am nächsten Tag ihre Arbeitsstelle und gab sich mit Herz und Verstand, mit Leib und Seele in die Hände von Mitch Collins.

„Ich habe es geschafft; ich habe den Durchbruch geschafft!", rief sie ihren Eltern begeistert durchs Telefon zu. „Ich gehe auf Tournee mit Mitch Collins."

Ihr Vater hatte von Anfang an seine Bedenken: „Collins hat keinen guten Ruf, Sarah!"

„Papa!" Sie hatte die Antwort schon parat und setzte den Bau an ihrem Lügengebäude weiter fort: „Er mag meine Stimme. Sonst nichts."

Doch als sie mit Mitch unterwegs war, blinkten auch in ihr sämtliche Warnleuchten auf. Die Frauen waren verrückt nach Mitch. Sie stürmten die Bühne und brachen in Tränen aus, wenn er seine Hand ausstreckte und ihre Fingerspitzen berührte. Bei jeder Show warfen ihm Mädchen Geschenke zu – Blumen oder Teddybärchen oder Notizzettel mit ihren Telefonnummern und unzähligen Versprechungen. Weil sie und Mitch ein Paar waren, hatte Sarah geglaubt, Mitch würde die Telefonnummern sofort nach der Show vernichten. Eines Abends überraschte sie ihn jedoch auf dem Weg in die Garderobe mit dem Telefon in der einen Hand und einem dieser Zettel in der anderen Hand. Als sie ihn danach fragte, zuckte er nur lässig mit den Achseln und meinte: „Ein Mann braucht gute Freunde, Baby."

Mitchs Eskapaden waren ganz offensichtlich, auch wenn Sarah keine Fragen stellte. Mal verschwand Mitch nach der Show und tauchte am nächsten Morgen kurz vor Abfahrt des Busses mit dem Taxi wieder auf. Oder aber er ging nach der Show mit einer Gruppe von Mädchen aus, blieb bis drei oder vier Uhr morgens fort und hatte keine Hemmungen, mit aufgeknöpftem Hemd und Lippenstift im Gesicht in Sarahs Hotelzimmer zu erscheinen und zu ihr ins Bett zu steigen.

Sarah wollte von ihm loskommen, aber sie schaffte es nicht. Ganz gleich, mit wie vielen Mädchen er herumturtelte, sie war diejenige, zu der er immer wieder zurückkam. Diejenige, die er liebte. Also was wollte sie noch mehr? Sie war Backgroundsängerin von Mitch Collins, sorgte Abend für Abend mit für ein volles Haus. Davon hatte sie geträumt. Mitch war dabei, aus ihr einen Star zu machen. Obwohl er davon eigentlich nicht mehr gesprochen hatte, seitdem sie auf Tournee waren.

„Mitch", fragte Sarah ihn in regelmäßigen Abständen, „ich habe dir bisher immer noch nicht meine Lieder vorgesungen. Hast du nicht Lust, sie dir einmal anzuhören?"

„Na klar, Baby." Er beugte sich über sie und küsste sie so lange, bis ihr die Luft wegblieb. „Vielleicht nach unserem nächsten Auftritt. Okay?"

Aber nach dem nächsten Auftritt sagte er wieder dasselbe. *Ein anderes Mal, Baby. Nach deinen Songs schauen wir ein anderes Mal.*

In fast jeder Stadt spielte sich dasselbe ab. Nach der Show verbrachte Mitch die Nacht zuletzt doch mit ihr. In solchen Augenblicken konnte Sarah sich kaum noch daran erinnern, in welcher Stadt sie gerade gastierten. Die Warnungen ihrer Eltern und ihres eigenen Gewissens spielten keine Rolle mehr. Hin und wieder dachte sie über ihre vernachlässigte Beziehung zu Gott nach und über die Vorsätze, die sie als junges Mädchen gefasst hatte; zum Beispiel, dass sie rein in die Ehe gehen wollte. Doch je länger sie mit Mitch unterwegs war, desto mehr Abstand bekam sie zu dem Mädchen von damals und zu seinen Vorsätzen.

Sarah lief es kalt über den Rücken. Stück für Stück fand sie wieder in die Gegenwart zurück. Die ersten der zwölf Tage ließen sich nur mit Schmerzen nacherleben. Doch auch sie gehörten zu ihrer Geschichte. Nicht dass Sarah jene Tage in ihrer Erinnerung vermisst hätte. Nein. Aber ohne diese schmerzhaften Tage hätte es ihre Geschichte gar nicht gegeben.

In der Nacht ging es Sarah nicht gut. Sie atmete stockender und unregelmäßiger als sonst und ihr müdes Herz schlug noch langsamer als zuvor. Als sie endlich zur Ruhe kam, dachte sie nicht mehr an Mitch Collins oder an die drei Anhänger, die bereits am Weihnachtsbaum schaukelten. Es waren leise Gebete und Bruchstücke ihres Liedes, die ihr durch den Kopf gingen. Und da war ein Gedanke, den sie einfach nicht abschütteln konnte.

Wenn Gott wollte, dass jemand durch ihr Lied verändert wurde, wo war sie geblieben, ihre Altenpflegerin Beth? Warum war sie nicht zu ihr gekommen, um sich ihre Geschichte anzuhören?

Je länger Sarah über Beth nachdachte, desto mehr fand sie sich bestätigt, dass Beth die richtige Person für ihre Geschichte war. Vor drei Tagen hatte sie in Beths Augen einen vertrauten Ausdruck wahrgenommen, den sie zunächst nicht einordnen konnte. Doch plötzlich, plötzlich wusste Sarah, was dieser Ausdruck zu bedeuten hatte. Er konnte nur bedeuten, dass Beth in ausweglose Schwierigkeiten verstrickt war. Vielleicht ging es um ein Kind. Oder um einen Elternteil. Vielleicht um ihren Mann.

Der Ausdruck von Beth verriet rebellischen Trotz – eine Haltung, die Sarah von sich selbst nur zu gut kannte – von damals, im Sommer 1941.

KAPITEL 6

Bobby Baldwin konnte nicht schlafen.

Beth schlief auf dem Sofa. Wahrscheinlich lag sie unter einem Berg von Decken im Wohnzimmer, wo sie fast jede Nacht schlief, seit sie ihm gegenüber reinen Tisch gemacht hatte. Zunächst hatte Bobby nichts dagegen einzuwenden gehabt. Er war stocksauer auf Beth gewesen. Zutiefst frustriert. Wie konnte sie es wagen, so mir nichts, dir nichts eine endgültige Entscheidung zu treffen, die ihre Familie komplett zerstörte?

Bobby hatte ein mulmiges Gefühl in der Magengegend und das Herz tat ihm auch weh. Nun, da er Zeit hatte, über ihre Situation nachzudenken, wusste er, was auf dem Spiel stand. Beth meinte es bitterernst. Sie würde ihn unmittelbar nach dem Weihnachtsfest mit Brianna verlassen. Nichts und niemand würde sie mehr daran hindern. Das trieb ihn in der letzten Zeit immer wieder dazu, wie in Trance herumzuschleichen in der Hoffnung, noch einen Ausweg zu finden, doch noch im letzten Moment das Steuer herumreißen zu können.

Auch wenn er auf Beth wütend war, auch wenn er sich gegen ihre Ansprüche wehrte und er ihre Art, ihn spüren zu lassen, dass er als Ehemann versagt hatte, unerträglich fand, so liebte er sie trotzdem. Er liebte sie von ganzem Herzen. Er konnte sich nicht vorstellen, ohne sie und Brianna zu leben. Keine einzige Woche lang. Geschweige denn einige Monate. Oder gar ein Jahr lang. Oder etwa für immer.

Die Aussicht, seine Familie zu verlieren, war mehr, als Bobby ertragen konnte. Es war viel schlimmer, als er sich so etwas bei anderen vorgestellt hatte. Sogar jetzt – tief in der Nacht und wenige Stunden vor seiner Frühschicht – lastete der Gedanke, seine Familie zu verlieren, schwer wie Blei auf seiner Brust.

Beth war dabei, ihm seine Brianna wegzunehmen, und er konnte nichts tun, um sie davon abzuhalten. Süße kleine Brianna, die sich immer so gern zwischen ihre Eltern ins Bett kuschelte. Brianna, die jeden Samstag in der Küche um ihn herumwuselte, während er für sie Mickymaus-Pfannkuchen zubereitete. Brianna mit ihren Eskimoküssen und mit ihren *Papi-lass-mich-nicht-mehr-los*-Umarmungen.

Wie sollte er ohne sie überleben? Ohne seine beiden Frauen?

Brianna schlief bestimmt gerade tief und fest unter ihrer rosa Elfendecke und träumte von Weihnachten.

Er streckte die nackten Füße unter seinem Bettzeug hervor, griff nach seinem zerknautschten Sweatshirt auf dem Boden und zog es über. Im Haus war es kälter als sonst. Er fror. Ohne zu zögern, öffnete er die Schlafzimmertür, huschte ohne Seitenblick an der schlafenden Beth vorbei und schlich auf Zehenspitzen in Briannas Kinderzimmer.

Einen Augenblick lang stand er reglos vor ihrem Bett. Er wagte kaum zu atmen. Der Mond schien durch das Fenster auf das Gesicht seines Kindes. Wie entzückend sie doch aussah.

„Meine Brianna!" Er trat näher an ihr Bett heran. Seine Stimme klang leiser als ein Flüstern. Er setzte sich auf ihre Bettkante und schaute auf seine schlafende Tochter. „Papi hat dich lieb, mein Kind."

Wie er so dasaß und sein einziges Kind anschaute, spürte Bobby einen Kloß im Hals. Wie viele Tage wie dieser blieben ihm noch? Wie viele Nächte, in denen Brianna unter seinem Dach schlief? Das Leben würde von nun an einfach unberechenbar werden. Es war doch bei allen Scheidungen gleich – immer ging damit etwas kaputt.

Beth wollte ihn verlassen. Und was dann? In der ersten Zeit würde er Brianna wahrscheinlich noch öfters sehen – vielleicht mehrmals in der Woche. Aber das Leben ging weiter. Möglicherweise würde Beth nicht mehr in Spartanburg leben wollen. Alleinerziehende mögen Kleinstädte oft nicht. Sie würde wegziehen. Vielleicht zog sie nach Atlanta, wo ihre Schwestern lebten. Und dann?

Bobby schloss die Augen. Ihm fiel eine Szene ein, an die er seit Jahren nicht mehr gedacht hatte.

Vor einigen Jahren war er im August auf dem Weg nach Kalifornien gewesen, wo er zum letzten Mal seine kranke Mutter besucht hatte. Beth und Brianna waren zu Hause geblieben, weil seine Mutter im Krankenhaus lag und Brianna damals noch ein Baby war.

In St. Louis musste er umsteigen. Bevor er zum Einchecken aufgerufen worden war, hatte er einen Mann und einen kleinen Jungen aus der Nähe beobachtet. Der Mann stand und das Kind – es war vielleicht sieben Jahre alt – hielt seine Beine so fest umklammert, als wolle er sie nie wieder loslassen.

In dem Augenblick bemerkte Bobby die Frau.

Sie saß ein wenig abseits. Mit verschränkten Armen schaute sie gelangweilt in die Gegend. Der Mann kniete sich mit einem Bein vor dem Jungen auf den Boden und sprach mit dem Kleinen. Die Frau schaute nervös auf ihre Armbanduhr und rutschte auf ihrem Sitz unruhig hin und her.

Schließlich trat ein Stuart der Fluggesellschaft auf die beiden zu. Der Mann erhob sich. Er nickte dem Stuart zu, der ihm eine Nachricht ausrichtete, die Bobby nicht verstehen konnte. Jetzt umarmte der Mann den Jungen zum letzten Mal. Er hielt ihn einige Sekunden fest umschlungen und verabschiedete sich so von ihm. Der Junge reckte sich an seinem Vater hoch. In dem Moment konnte Bobby das Kind genauer erkennen.

Der Junge weinte. Schluchzte. Jetzt sprach er so laut, dass Bobby ihn verstehen konnte. „Ich will nicht von dir weg, Papa!“

Der Mann umarmte den Jungen noch einmal. Es war eine verzweifelte Umarmung. Die beiden sprachen miteinander und nickten und dann ein letzter Kuss. Der Mann trat von dem Jungen zurück und der Junge – er versuchte ganz tapfer zu sein – ging mit dem Stuart zum Jetway. Alle paar Schritte drehte er sich um und winkte dem Mann mit seiner kleinen Hand. Und der Mann versuchte mit festem Gesichtsausdruck, tapfer zurückzulächeln.

Der Mann rührte sich nicht vom Fleck, bis der Kleine um die Ecke verschwunden war. Er drehte sich auf dem Absatz um, machte ein paar langsame Schritte auf eine Wand hinter der wartenden Frau zu und lehnte seinen Kopf gegen die kalte Mauer. Lange Zeit stand der Mann an der Wand – während die Lautsprecher zum Abflug aufriefen. Seine Schultern bebten und er weinte um seinen Jungen.

Bobby hatte die ganze Szene beobachtet, gesehen, wie die Frau den Mann allein ließ, wie sie seinen Schmerz mit ansah, aber ungerührt blieb. Sie teilte die Verzweiflung ihres Mannes nicht. Was, so fragte sich Bobby, steckte hinter einer solchen Abschiedsszene? Ein Vater, der seinen Sohn verabschiedete? Eine Frau, die desinteressiert danebensaß?

Bobby begriff.

Die Situation war offensichtlich. Es war das Ende der Sommerferien gewesen. Anscheinend lebten die Eltern des Jungen in verschiedenen Städten – möglicherweise in verschiedenen Staaten. Nachdem der Junge seine Sommerferien bei seinem Vater verbracht hatte, musste er wieder nach Hause zurück – wo immer das auch gewesen sein mochte. Er musste zu seiner Mutter zurück.

Die desinteressierte Dame war wahrscheinlich die neue Frau seines Vaters.

Das machte Sinn. Dieses Bild blieb Bobby unvergessen: der zerbrochene Vater, der an der kalten Wand im Flughafen lehnte und weinte, den Kopf in seiner Armbeuge verborgen.

Das Portrait einer Scheidung.

Es war immer dasselbe Bild, wenn Kinder von der Trennung ihrer Eltern betroffen waren. Ja, natürlich verhieß eine Scheidung Freiheit, und sie versprach eine Antwort auf alle Schwierigkeiten, die die Ehe mit sich brachte. Aber die Verheißung einer Scheidung war eine Lüge. Eine Schwindlerin, die in eine Familie eindrang, die kleinen, schönen Augenblicke des Lebens stahl und jedes Familienmitglied für sie blind machte. Scheidung war wie eine Handgranate, die das Leben zerriss und Träume zerstörte.

Jedenfalls erinnerte sich Bobby daran, dass er das damals bei dieser Szene am Flughafen gedacht hatte.

Er hatte Beth nie etwas von diesen Gedanken über das Thema Scheidung erzählt. Er hatte nie die Notwendigkeit dazu gesehen. Waren sie nicht glücklich gewesen? Warum über Scheidung reden? Sie hatten sich Treue geschworen, Treue, „bis dass der Tod uns scheidet“, und nichts anderes hätte Bobby sich je vorstellen können. Sie gingen gemeinsam zur Kirche und beteten abends mit Brianna. Und wenn ihre Terminpläne und ihre Haushaltskasse keine Zeit zum Ausgehen und kein Geld für gelbe Rosen zuließen? Nun gut – immerhin hatten sie ihren gemeinsamen Sonntagmorgen.

Daran hatte sich auch nichts verändert, aber mit der Zeit hatte Bobby die Szene am Flughafen vergessen. Die grundsätzliche Möglichkeit einer Scheidung war – natürlich nicht für ihn und Beth – durch Kollegen und Freunde immer häufiger auch in ihr Blickfeld geraten und für Bobby nach und nach sogar verständlich geworden. Einige seiner Arbeitskollegen waren in Ehekonflikte geraten. Dabei waren die Gründe keine dramatischen Probleme wie Missbrauch oder Untreue gewesen. Aber ihre Ehen waren durch Zank und Langeweile und durch eine launische Frau in der Wohnung, der man am liebsten nicht mehr über den Weg gelaufen wäre, zerrüttet worden.

Für solche Leute bedeutete Scheidung die Chance einer neuen Liebe, die Chance für etwas Aufregenderes, Sympathischeres. Kein Thema für ihn und Beth. Bei allem, was er erlebt hatte, war für ihn eheliche Treue immer wichtig geblieben.

Bis heute.

Die Übelkeit in der Magengegend nahm zu. Der Gedanke an eine Trennung wollte einfach nicht in seinen Kopf. War Beth total verrückt geworden? Konnte sie sich nicht einmal umschauen und erkennen, wohin es führen würde, wenn sie ihn verließ? In jedem Fall war allein sie schuld an der Misere. *Sie* wollte *ihn* verlassen.

Er betrachtete Brianna. Ihren süßen kleinen Mädchenmund. Wie sanft sich ihr Körper bei jedem Atemzug hob und senkte. Letztlich war es völlig egal, ob Beth schuld war oder nicht. Es spielte überhaupt keine Rolle, wessen Schuld es war. Eine Scheidung würde sie alle treffen. Würde alles, was sie waren und hatten, kaputt machen.

Wenn Beth ihn mit Brianna verlassen würde, würde *er* eines Tages der Mann am Flughafen sein, der sich nach den Sommerferien von seiner Tochter verabschieden und bis Weihnachten oder bis zum nächsten Sommer auf ein Wiedersehen mit ihr warten musste. Nur würde er sich nicht gegen die nächste Flughafenwand lehnen und schluchzen. Er würde direkt an Ort und Stelle zusammenbrechen. Er wäre nicht in der Lage, ohne die Tochter, die ihn verließ, zu atmen oder sich zu bewegen oder noch irgendwie weiter zu existieren.

Der Schmerz in seinem Herzen wurde stärker. Bobby beugte sich ein wenig vor und legte eine Hand auf Briannas Kopfkissen.

Wie hatten sie es so weit kommen lassen können? Beth und er waren wie füreinander geschaffen oder etwa nicht? Liebten sie einander vielleicht doch nicht mehr und freuten sich nicht mehr auf ein lebenslanges Miteinander? Waren sie nicht mehr die, die sie einmal gewesen waren? Was war schiefgelaufen? Hatte Beth einen anderen gefunden? Einen Mann mit einem besseren Beruf? Einen, der ihr mehr Geld und Sicherheit bieten konnte?

Bobby stöhnte auf. Die Sache ging ihm an die Nieren. Was auch immer der Grund sein mochte, das ganze Elend hatte allein sie zu verantworten. Er hatte Woche für Woche seine vierzig Stunden für Frau und Kind geschuftet und war Abend für Abend treu und brav nach Hause gekommen. Er hatte nicht mit anderen Typen herumgelungert, gesoffen oder sein Geld verspielt. Er hatte sich nie für eine andere Frau interessiert. Also: Wo war das Problem?

„Gott … was ist geschehen?“ Seine Worte waren kaum hörbar. „Warum genügt Beth das alles nicht?“

Er vernahm keine Antwort. Keine innere Stimme sagte ihm, wie er Beths Einstellung ändern konnte. Doch er spürte ein starkes Verlangen. Er hatte den Wunsch, sich ihre Hochzeitsbilder anzuschauen. Nachzuschauen, wie und wo sie sich gefunden hatten. Er gab Brianna einen Kuss auf die Wange und schlich zur Tür und über den Flur ins Wohnzimmer.

Leise, ohne Beth zu wecken, ging er zum Bücherregal, wo er den dicken braunen Lederrücken sofort entdeckte. Ihr Hochzeitsalbum. Er griff danach und holte es herunter. Eine Staubwolke umwehte ihn. Er trug das Album ins Schlafzimmer, setzte sich ans Fußende des Ehebettes und betrachtete den Bucheinband.

Darauf stand in goldenen Lettern gedruckt: „Robert und Elizabeth für immer und ewig“, und darunter ihr Hochzeitsdatum.

Was hatten sie sich gegenseitig versprochen, als der Fotograf ihnen damals im Sommer das Album überreicht hatte? Dass sie jedes Jahr am Hochzeitstag die Fotos anschauen würden. Sie hatten sich versprochen, dass sie sich einmal im Jahr bewusst an das Hochzeitsfest und an die Menschen, die sie begleitet hatten, erinnern wollten, damit ihrer Liebe gar keine Chance zum Verblassen blieb.

Doch schon im zweiten Ehejahr war Brianna zur Welt gekommen und darüber hatten sie ihr Versprechen vergessen.

Bobby malte mit seinen Fingern auf den verstaubten Buchdeckel und rechnete nach, dass inzwischen sechs Jahre vergangen sein mussten. Keiner von ihnen hatte seit der Geburt ihrer Tochter auch nur einmal an die Hochzeitsbilder gedacht, geschweige denn sich die Zeit genommen, sie anzuschauen.

Er konnte selbst nicht begreifen, warum er ausgerechnet heute, mitten in der Nacht, den Wunsch verspürte, die Fotos anzusehen. Wenn Beth sowieso nicht daran interessiert war, bei ihm zu bleiben, würden ihnen die Fotos auch nicht mehr helfen.

Er öffnete das Album. Einen Augenblick lang stockte ihm der Atem.

Beth sah wunderschön aus. Sie blickte ihn an. Miteinander stellten sie ein Abbild aufrichtiger Liebe dar. Sie – ihr Gesicht, das Haar und das Kleid, das sie trug – war nicht nur schön. Es war ihr Ausdruck, ihre natürliche Körperhaltung in seinen Armen, ohne die Kamera zu beachten. Sehnsucht und Verlangen lagen in ihren Blicken und eine Leidenschaft, die die physischen Wünsche überstieg.

Aber das allein war es nicht, was ihm den Atem raubte. Es waren die Worte, die unten auf der Seite standen. Ein Bibelvers, den er in sein Gelübde einbezogen hatte.

„Ihr Männer, liebt eure Frauen so, wie Christus seine Gemeinde liebt, für die er sein Leben gab. – Epheser 5,25 –"

Bobby hatte sich an dem Gedanken, dass die Zerrüttung der Ehe allein ihre Schuld sei, festgebissen, seit Beth gesagt hatte, sie wolle ihn verlassen. Er hatte geglaubt, es sei allein ihre Schuld, dass sie unglücklich war, allein ihre Schuld, weil sie nur an sich dachte, allein ihre Schuld, weil sie ihm Brianna wegnehmen wollte.

In diesem Moment entwich seinen scheinbar so hieb- und stichfesten Argumenten die Luft wie bei einem angestochenen Ballon.

Natürlich ging er jeden Morgen zur Arbeit und kam jeden Abend auch wieder brav nach Hause. Seiner Hände Arbeit hatte die Familie ernährt und gekleidet. Aber was hatte er für seine Ehe getan? Langsam, ganz langsam schloss er das Album. Er war viel zu traurig und zu müde, um die nächste Seite umzublättern.

Das Buch sank auf seine Brust. Zum ersten Mal in dieser Woche schlief er ein, ohne Beth und ihre Selbstsucht in seinen Gedanken zu verdammen.

Er hatte sich schuldig gemacht.

Es war seine Schuld, dass er seine Ehe vernachlässigt hatte. Er würde von nun an aufhören, Beth für alles verantwortlich zu machen, und neue Wege suchen, wie er Beth seine Liebe unter Beweis stellen konnte. Viel zu lange schon hatte er sie vernachlässigt. Er hatte keine Idee, wie er in der kurzen Zeit die Dinge wieder in Ordnung bringen sollte. Aber er musste es versuchen.

Vor allem musste er einen Weg finden, wie er der einzigen Frau, die er liebte, sein Leben zur Verfügung stellen konnte.

Beths erster Gedanke am nächsten Morgen war, dass sie wohl geträumt haben musste. Sie hatte geträumt, dass Bobby im Wohnzimmer herumgeschlichen sei, während sie schlief, und dass er sich ihr Hochzeitsalbum oben aus dem Bücherregal herausgenommen habe. Erst als sie hellwach war, bemerkte sie, dass es kein Traum gewesen sein konnte. Dort, wo das Buch gestanden hatte, klaffte eine breite Lücke.

Sie stützte sich auf ihre Ellbogen und blinzelte verwundert. Was wollte er mit ihrem Hochzeitsalbum? Sie fand keine Antwort. Sie drehte den Kopf erst auf die eine, dann auf die andere Seite und versuchte, so die Nackenwirbel zu strecken. Die Weihnachtszeit würde wahrscheinlich unerträglich werden. Sie hatte Angst, war frustriert und hatte es satt, auf dem Sofa zu kampieren.

Sie und Bobby hatten kaum noch miteinander gesprochen. Brianna schöpfte allmählich Verdacht. Später am Frühstückstisch legte die Kleine den Löffel in ihre Müslischale und schaute ihre Mutter mit großen Augen an.

„Wieso hast du Papi eigentlich nicht mehr lieb, Mami?"

Beth setzte erschrocken die Kaffeetasse ab und blickte Brianna an. Was hatte Bobby ihr gesagt? Hatte er die Gedanken ihrer Tochter vergiftet und schlecht über sie geredet? Hatte er irgendetwas gesagt, um das Feuer in ihrem Streit zu schüren? Sollte das so weitergehen? Sie lehnte sich zurück und war außer sich vor Entrüstung. „Hat Papi dir das etwa erzählt?"

„Nein." Trotzig schob Brianna die Unterlippe vor. „Du schläfst immer im Wohnzimmer ohne Papi, und das heißt, dass du ihn nicht mehr lieb hast."

Das tat weh. Beth fühlte sich schuldig. Brianna wartete auf eine Antwort. Aber sie fand darauf keine Antwort. Wie hatte Brianna das mit dem Sofa herausgefunden? Und seit wann bekam sie schon etwas mit? „Mein Liebling…" Beth trommelte nervös mit den Fingern auf dem Tisch herum und lächelte schwach. „Mami fühlt sich nicht ganz wohl. Bald ist Weihnachten, und ich möchte nicht, dass der arme Papi sich ansteckt."

Diese Erklärung klang selbst in Beths Ohren lächerlich. Brianna verdrehte verständnislos die Augen. „Wenn du ihn lieb hättest, Mami, würdest du bei ihm im Schlafzimmer schlafen. Wenn ich krank bin, schläfst du doch auch bei mir im Kinderzimmer!"

Das restliche Frühstück verlief schweigend. Nichts schien mehr zwischen Mutter und Tochter in Ordnung zu sein, auch dann nicht, als Beth sie bei der Tagesmutter abgegeben hatte.

Beth saß auf dem Weg zur Arbeit verkrampft in ihrem kleinen Auto. Plötzlich erinnerte sie sich an die alte Dame im Pflegeheim. Sarah Lindeman, die Frau mit der wunderschönen Stimme, die diese Melodie gesummt hatte, die Beth nicht mehr aus dem Kopf gegangen war. *Auweia!* Beth knirschte mit den Zähnen, als sie das Auto hinter der Seniorenresidenz einparkte. Wie viele Menschen würde sie vor Weihnachten noch im Stich lassen?

Beth schloss ihr Auto ab und lief quer über den Parkplatz. Was hatte die Frau doch gleich zu ihr gesagt? Wenn sie sich ihre Geschichte anhören würde, würde sie das Geheimnis der Liebe erfahren. Genau. Das Geheimnis der Liebe. Das war's. Das hätte sie auch liebend gern gewusst.

Nun gut. Heute würde sie ganz bestimmt zu der alten Dame gehen. Wenn ihr eigenes Leben auch auseinanderfiel, so hatte sie doch nicht das Recht, eine liebe alte Frau wie Sarah Lindeman zu versetzen. Wahrscheinlich war sie neben ein paar Alterserscheinungen zusätzlich ein bisschen wirr im Kopf. Aber das machte nichts. Die Frau hatte etwas Wichtiges zu sagen und sie bekam nicht viel Besuch. Vielleicht war Beth sogar der einzige Mensch, der ihr zuhörte.

Verwirrt oder nicht, die alte Dame verdiente es wenigstens, dass man ihr Beachtung schenkte.

Beth eilte zu ihrem Pflegeplan und überprüfte, ob Sarah ihr zugeteilt war. Nachdem sie der alten Dame bei der Morgentoilette und dem Frühstück geholfen hatte, warf Beth einen Blick auf das Fußende des Bettes. Sie schaute Sarah schuldbewusst an. „Sie glauben bestimmt, ich hätte Sie vergessen."

Sarah legte den Kopf schief und sagte: „Ja, das stimmt." Die alte Dame lenkte ihren Blick auf den struppigen Plastikweihnachtsbaum, der auf dem Nachttisch stand. „Heute ist der sechste Tag."

„Ja, das weiß ich." Beth legte die Hände in den Schoß. „Es tut mir so leid. Es geht – nun, es läuft im Augenblick nicht so gut bei mir zu Hause." Sie zögerte. „Ist es jetzt zu spät, Sarah? Oder können Sie mir die Geschichten zu den ersten fünf Anhängern erzählen, damit ich auch den Rest hören kann?"

„Ja, das kann ich." Sarah richtete sich in ihrem Bett etwas auf. Ihr Lächeln verriet, dass sie Beth nicht böse war, weil sie sich in den letzten Tagen nicht hatte blicken lassen. „Ja, das will ich gerne tun."

Beth erhob sich, schloss die Tür und zog einen Stuhl ans Bett. „Was habe ich versäumt, Sarah?"

Die alte Frau schaute Beth wieder an und räusperte sich. Schließlich begann sie zu erzählen. Sie sprach über ihre Liebe zu Sam Lindeman und von ihrer noch größeren Liebe zu einer Gesangskarriere in Nashville. Sie erzählte von ihrem Entschluss, Sam und Greer und alles, was ihr vertraut war, zu verlassen, um ihrem Traum vom

Schallplattenvertrag zu folgen. Und sie berichtete von ihrem Job bei *Trailway Records* und dem Zusammentreffen mit Mitch Collins.

„Mitch Collins?“ Beth riss die Augen auf. „Von dem habe ich schon gehört!“

„Ja.“ Sarahs Gesichtsausdruck veränderte sich. Ihre Augen blickten traurig. „Damals war er sehr bekannt. Bei seinen Fans und bei den Frauen allgemein.“ Sarah schwieg und schaute aus dem Fenster. Als sie wieder zu reden begann, war sie in ihren Gedanken meilenweit entfernt. „Ich ging mit ihm auf Tournee. Er wollte mich berühmt machen.“ Ein trauriges Lachen erstarb auf ihren Lippen. „Ich glaubte … ich glaubte, er würde mich lieben.“

Beth wartete und betrachtete die Frau, die da vor ihr im Pflegebett lag. Zum ersten Mal versuchte sie, in ihr nicht mehr die alte Dame aus Zimmer 11 zu sehen, sondern die, die sie einmal gewesen war. Zweifellos war sie eine Schönheit gewesen mit einer Stimme und einer Figur, die sogar einen Weltstar umgeworfen hatte.

Als Sarah nicht weitersprach, beugte sich Beth vor.

„Sarah?“

„Ja?“ Sie warf einen Seitenblick auf Beth.

„Was passierte damals? Waren Sie mit Mitch zusammen?“

Sarah seufzte traurig und müde. „Langsam, meine Liebe. Diese Geschichte kommt erst nach dem vierten und fünften Anhänger.“ Sie zeigte mit dem Finger auf den kleinen Baum. „Auf dem vierten steht REBELLION und auf dem fünften ENTLARVT." Sie nickte leicht vor sich hin. Sie war ganz abwesend. „Ja, in der Tat. Ich war rebellisch. Mir war bewusst, was ich tat. Aber ich tat es trotzdem."

Sie erzählte, wie das Leben auf Tournee mit jeder Woche verrückter wurde. Häufig fragte sie Mitch, was er mit den vielen Mädchen anstelle. Und er erklärte ihr immer dasselbe: Er nahm sich Zeit für sie. Sie brauchten seine Aufmerksamkeit. Der Umgang mit seinen Fans war Teil seiner Arbeit. Teil seiner Imagepflege.

Ob er mit ihnen schlief, wollte Sarah wissen. Und er antwortete auch auf diese Frage immer dasselbe: „Natürlich nicht!" Sie sei die Einzige, die ihn interessiere. Die Einzige, die er liebe. Eines Tages wolle er sich ihre Lieder anhören und sie zum Star machen. Eines Tages. Sehr bald. Inzwischen bezahlte er ihr weniger, als sie bei *Trailway Records* verdient hatte. Dabei sprach er großspurig von einem Bonus und von einer Aufbesserung der Gage. „In ein paar Tagen. Nach diesem und jenem Auftritt", sagte er immer.

Die Extragagen kamen nie. Dafür wurde die Situation immer schlimmer. Mitch war fast jede Nacht unterwegs. Eines Nachts schickte er einen Mann aus seiner Band in ihr Zimmer, während er mit seinen Mädchen unterwegs war.

„Es war nach Mitternacht. Es klopfte an meiner Tür. Ich öffnete. Da stand Mitchs Schlagzeuger im Türrahmen. ‚Mitch hat gesagt, du bist gut drauf heute Nacht, Sarah', meinte er. ‚Wie wär's mit uns beiden?'"

Beth rückte näher ans Bett. Die Geschichte packte sie. „Nein, das darf nicht wahr sein!"

„Doch." Sarah spitzte die Lippen, als habe die Erinnerung einen bitteren Geschmack in ihrem Mund hinterlassen.

„Mannomann!" Beth versuchte, ihre Verwunderung zu verbergen. Hatte Sarah nicht gesagt, ihre Geschichte habe sich 1941 ereignet? War das nicht die gute alte Zeit gewesen, in der in Amerika noch Zucht und Ordnung geherrscht hatten? Beth war verwundert, dass es so etwas offensichtlich auch vor Jahrzehnten gegeben hatte.

Sarah blickte wieder aus dem Fenster und beendete ihre Geschichte.

Als ihr bewusst wurde, dass Mitch wollte, dass sie seinen Musikern die gleiche Gunst erwies wie ihm selbst, fühlte sie sich schmutzig, billig und benutzt.

„Wie ein Putzlumpen kam ich mir vor", seufzte Sarah stirnrunzelnd. „Ich war Mitch regelrecht hörig."

Zwei Nächte später nahm sich Mitch ein eigenes Zimmer. Sarah schöpfte Verdacht und wartete bis zum frühen Morgen. Dann warf sie sich einen Bademantel über und trat an seine Tür. Nachdem sie etwa zehn Minuten lang geklopft hatte, öffnete Mitch endlich. Er hatte sich ein Handtuch um die nackten Hüften geschwungen. Sarah erblickte über seine Schulter hinweg eine junge Blondine in seinem Bett, die sich ein Betttuch vorhielt.

„Die Lügen hatten ein Ende." Sarah wandte ihre Aufmerksamkeit wieder Beth zu. „Schauen Sie: Auf dem fünften Anhänger steht das Wort ENTLARVT. Von nun an belog mich Mitch Collins nicht mehr."

Beth rutschte auf ihrem Stuhl hin und her. Sie war ganz ergriffen von dieser Geschichte. „Und was passierte anschließend?"

„Was anschließend passierte?" Sarah sah sie groß an, als sei die Antwort klar. „Mit Mitch, meinen Sie?"

„Ja. Haben Sie ihn dort im Hotelflur stehen lassen?" Beth zwang sich, langsam zu sprechen. Sarah hatte es nicht eilig. Auch wenn sie zwölf Tage für ihre Geschichte eingeplant hatte, ihre Antworten waren nicht zeitgebunden.

Sie gab gar keine Antwort. Stattdessen streckte sie ihre zittrige Hand zum Nachttisch aus und nahm von der Platte den Umschlag, auf dem die Nummer sechs stand. „Das ist die Geschichte für heute. Der Teil, der alles veränderte."

„Ups!" Beths Blick war auf die Uhr über Sarahs Bett gefallen. „So spät schon!" Ihre Chefin würde überhaupt kein Verständnis dafür haben, dass sie so viel Zeit in einem einzigen Zimmer verbrachte. Sie wollte aufstehen, wollte Sarah erklären, dass sie diese Geschichte auf den nächsten Tag verschieben müssten. Aber irgendetwas hielt Beth davon ab und drückte sie auf ihren Stuhl zurück.

Langsam und vorsichtig öffnete Sarah mit ihren zarten Händen, auf deren Handrücken die blauen Adern hervortraten, die Umschlagklappe und zog den Anhänger hervor. Wie bei den anderen Anhängern stand nur ein Wort darauf. Ein Wort, an das Beth im Leben nicht gedacht hätte, aber das sicherlich eine ganz besondere Bedeutung für Sarah hatte.

Es war das Wort TANZ.

KAPITEL 7

Sarah spürte, wie ihre Kräfte jeden Tag mehr nachließen. Ihr Herz allerdings war seit langer, langer Zeit nicht mehr so erfüllt gewesen.

Nicht einmal der Besuch der Kinder und Enkelkinder schenkte ihr die Erfüllung, die sie verspürte, während sie Beth Baldwin ihre Geschichte erzählte. Die junge Frau war von einer seltenen Traurigkeit umgeben, und sie strahlte eine große innere Unruhe aus, stellte Sarah fest. Hatte sie zu Anfang nicht etwas von Schwierigkeiten zu Hause gesagt? Das erklärte natürlich einiges.

Aber es gab da noch etwas anderes. Etwas, das sehr viel tiefer saß.

Dieses Etwas erinnerte Sarah an sich selbst, daran, wie sie sich im Sommer 1941 gefühlt hatte. Gott war dabei, Erstaunliches für Beth Baldwin zu tun. Und das, so glaubte Sarah, konnte geschehen, während Beth ihre Geschichte anhörte und sie ihr Lied sang.

Es war Tag sechs, der Tag, der für die Wende in ihrem Leben stand, durch die sich für Sarah alles mit einem Schlag geändert hatte. Mit der lauschenden Beth an ihrer Seite erinnerte sich Sarah noch einmal an eine ganze Serie von Ereignissen, die mehr als sechs Jahrzehnte zurücklagen.

~

Die endgültige Erleuchtung kam Sarah, als sie Mitch Collins mit einem jungen Mädchen im Bett erwischte. So nebulös die Erklärungen zu den Geschichten mit seinen Fans auch gewesen waren, Sarah hatte sie ihm stets geglaubt. Sie hatte ihm glauben wollen. Nachdem sie Mitch auf frischer Tat ertappt hatte, huschte sie zurück in ihr Zimmer. Zum ersten Mal sah sie glasklar.

Zum ersten Mal, seit sie Greer verlassen hatte, vermisste sie Sam Lindeman. Sie vermisste ihn mit jeder Faser ihres Herzens. Stark, gut aussehend, verlässlich. Das war Sam. Ein Mann, der sie so sehr geliebt hatte, dass er sie hatte ziehen lassen, damit sie ihren Träumen folgen konnte.

Sie dagegen war einem Lügner und Betrüger gefolgt und hatte ihm ihre Unschuld geschenkt. Plötzlich erkannte Sarah noch etwas anderes glasklar.

Sam würde garantiert kein Interesse mehr an ihr haben.

Sie war nicht mehr die junge Frau, die sie gewesen war, bevor sie ihr Zuhause verlassen hatte. Wie sehr sie Sam auch vermisste, sie würde nicht mehr zu ihm passen. Er würde sie nicht verstehen können. Sarah saß auf der Bettkante im Hotel und weinte. Was hatte sie sich eigentlich dabei gedacht, sich auf einen Mann wie Mitch Collins einzulassen? Selbst wenn die ganze Welt ihn verehrte. Sein eigennütziger Charakter war von Anfang an erkennbar gewesen.

Seit wann beschäftigt Trailway Records *einen Engel?*

In der Tat. Mitch war ein Meister darin, seine Opfer zu bezirzen. Er hatte sie bereits nach einem gemeinsamen Essen so weit gehabt, dass sie ihm wie ein Schoßhündchen gefolgt war.

~

Sarah schwieg und schaute Beth an. „In jenem Augenblick gingen mir alle Lichter auf." Sie befeuchtete ihre Lippen mit der Zunge. „Nachdem ich wochenlang geistig und geistlich blind vor Stolz umhergeirrt war, erkannte ich schlagartig meine verfahrene Situation. Ich saß auf einem Scherbenhaufen."

~

In der Nacht überfielen Sarah Selbstvorwürfe. All die falschen Entscheidungen, die sie getroffen hatte. Sie hatte allen Werten, die ihre Eltern ihr vermittelt hatten, den Rücken gekehrt, Werte, die ihr einmal sehr wichtig gewesen waren. Sie hatte Gott und seine Pläne in den Wind geschrieben. Ihr Versprechen, vor der Ehe rein zu bleiben, hatte sie leichtsinnig gebrochen. Sie hatte ihre Unschuld für immer verloren.

Und sie hatte Sam verlassen. Das war das Allerschlimmste.

Sarah stierte auf die Tapete mit den blauen Streublümchen. Der Geruch des muffigen Hotelteppichs stieg ihr in die Nase. Wieder schluchzte sie verzweifelt auf. Ihr Leben war einmal für sie wie ein Tanz gewesen. Ihre Schritte richteten sich nach der Musik des Tages. Seitdem sie in Nashville eingetroffen war, hatte sie sich selbstbewusst zur Schau gestellt und war dabei einem Betrüger aufgesessen.

Doch jetzt war ein klarer Kopf gefragt. Es war höchste Zeit, dass sie zu der Person zurückfand, die sie einmal gewesen war.

Mitch Collins dachte gar nicht daran, einen Star aus ihr zu machen. Er dachte gar nicht daran, sich ihre Lieder anzuhören oder ihr mehr Geld zu geben. Er benutzte sie. Genau davor hatten ihre Eltern sie gewarnt.

Noch in derselben Nacht packte Sarah ihre Sachen zusammen und nahm am nächsten Morgen, lange bevor Mitch aufwachte, ein Taxi zum Bahnhof und gab fast das ganze Geld, das sie noch besaß, für eine Rückfahrkarte nach Greer aus. Nach und nach hörte sie in dem Rattern des Zuges Musik. Ihr Herz klopfte wieder in einem Rhythmus, in dem sie leben konnte. Einem Rhythmus, zu dem sie tanzen konnte.

Am nächsten Tag, als sie zu Hause angekommen war, wollte sie noch einen Ort aufsuchen, bevor sie zu ihren Eltern fuhr.

Die Stadtkirche.

„Bitte warten Sie hier auf mich", bat sie den Taxifahrer. Sie gab ihm einen Vierteldollar und lief über den Rasen zur Kirche hinüber. Es war Donnerstagnachmittag. Bestimmt waren die Türen zum Altarraum geöffnet. Sie waren in der Stadtkirche von Greer eigentlich immer geöffnet.

Langsam ging sie nach vorn und setzte sich in die zweite Reihe. Sie war ganz allein in dem riesigen Gewölbe, aber sie fühlte sich von Liebe, Frieden und Geborgenheit umhüllt. Ein Gefühl, das ihr, seit sie Mitch Collins getroffen hatte, verloren gegangen war.

„Gott …" Sie schloss die Augen. „Es tut mir … es tut mir so unendlich leid. Ich habe alles falsch gemacht. Ich bin von dir fortgelaufen, von allem, was mir als gut und wahr und ehrlich bekannt war." Sie wischte die Träne, die ihr über die Wange lief, mit dem Handrücken weg. „Wenn du mich noch willst, Jesus … ich bin wieder da." Sie schniefte sehr leise, aber das Echo wurde trotzdem von allen Seiten des leeren Gewölbes zurückgeworfen. „Ich bin wieder da und will neu anfangen. Ich verspreche es dir."

~

Sarah seufzte erleichtert auf. Das war der sechste Teil ihrer Geschichte gewesen.

Sie schaute die junge Frau an, die ihr gegenübersaß, und erkannte, dass sie recht gehabt hatte. Die Geschichte hatte etwas in Beths Seele angerührt, denn die junge Frau weinte. Nicht laut oder dramatisch. Auf jeder Wange zeigte sich eine Tränenspur. Etwas in ihr war aufgebrochen.

Sarah klopfte der jungen Frau mit ihrer wächsernen Hand leicht auf den Arm. „Alles in Ordnung?"

„Ja." Beth griff nach einem Papiertaschentuch auf dem Nachttisch und putzte sich die Nase. „Der Augenblick in der Kirche … er muss … er muss sehr befreiend gewesen sein."

Sarah lächelte. „Ja, das war er." Sie holte tief Luft. „Es ist für mich an der Zeit, ans Fenster zu gehen."

„Ans Fenster?", fragte Beth befremdet. „Sind Sie in den vergangenen Tagen immer alleine zum Fenster gegangen?"

„Hin und wieder." Sie spürte, wie sich ein Lächeln auf ihr Gesicht stahl. „Aber heute könnte ich Ihre Hilfe gebrauchen, wenn Sie mögen."

„Ja, natürlich!" Beth warf das Taschentuch in den Abfalleimer neben ihrem Stuhl und stand auf. Sie half Sarah auf die Füße und stellte ihr den Gehwagen zurecht. „Warum wollen Sie ans Fenster, Sarah?"

Sarah konzentrierte sich auf die Schritte bis zum Fenster und schüttelte den Kopf. Als sie die Fensterbank erreicht hatte, wandte sie sich an Beth und hob den Zeigefinger. „Nicht jetzt. Später."

Sie blickte durch das Fenster in den Park, bis ihre Augen die Bank entdeckt hatten – die Parkbank, die so unendlich viel für sie bedeutete. Mit der Energie, die ihr noch blieb, begann sie, die Melodie zu summen. Die Melodie, die ihr Herz und ihre Seele stets erfüllte.

Die Melodie zu *Sarahs Lied.*

Während Sarah summte, blieb Beth an ihrer Seite. Sie schwieg ehrfürchtig. Als sie den letzten Vers gesummt hatte, nahm Sarah ihren Blick von der Parkbank und nickte Beth zu. „Das war alles. Jetzt kann ich wieder ins Bett."

Beth half ihr. Weil Sarah zu müde war, um ihre Beine ins Bett zu heben, hob Beth sie an. Nachdem die alte Dame endlich wieder bequem in ihren Kissen lag, sagte Beth nach kurzem Zögern: „Die Melodie ist wirklich wunderschön. Sie lässt mich einfach nicht mehr los." Beth schaute zum Fenster und wieder zurück. „Aber der Text, Sarah … Hat das Lied keinen Text?"

„Aber sicher doch!" Sarah gähnte und drückte Beths Hand. „Ich bin so müde, meine Liebe. Ich glaube, ich brauche ein Schläfchen."

Beth nickte. Trotzdem wollte sie die Antwort noch hören. „Und was ist mit dem Text?"

„Später." Sarah spürte, wie ihr die Augen zufielen. Der vertraute Friede umgab sie wieder – ein Friede, der allen Verstand überstieg. Gott war hier am Werk. Er bewirkte etwas in Beths Herzen. Dieses Wissen genügte Sarah.

Sarah war schon fast eingeschlafen, als Beth ihre Frage zum letzten Mal stellte. „Wann, Sarah? Wann kommen die Worte zu Ihrem Lied?“

Mit Mühe öffnete Sarah die Augen. „Tag neun.“

Das war alles. Sie ließ ihre Augenlider wieder zufallen. Beth würde ganz bestimmt wiederkommen, das wusste Sarah. Nicht nur wegen der Worte zu ihrem Lied. Auch deshalb, weil Gott ihr eine tiefe Gewissheit ins Herz gelegt hatte. Gott wirkte ein Wunder. Ein Wunder an Beth Baldwin.

Gott wird Beth zu mir zurückbringen und wenn er dafür Himmel und Erde in Bewegung setzen muss.

KAPITEL 8

Es war Dienstag, der 21. Dezember. Das sonnige Wetter war vorbei.

Als Beth an diesem Morgen aufwachte, hatte sich eine zwanzig Zentimeter dicke Schneedecke über Spartanburg gelegt. Auf dem Weg zur Dusche ärgerte Beth sich im Stillen darüber. Der Traum von der weißen Weihnacht wurde eindeutig überbewertet. Die Stadtverwaltung würde mindestens eine Woche brauchen, bis der Schnee weggeräumt war. Bis dahin würden die Straßen in die Stadt hinein nur schwer zu befahren sein – glatt, matschig und gefährlich. Beth war jeden Tag in dieser Woche zum Dienst eingeteilt. Das hieß bei Schnee: morgens eine Stunde früher aufstehen.

Sie duschte schneller als sonst. Kaum war sie angezogen, eilte sie in Briannas Zimmer. „Steh auf, Schlafmützchen. Zeit fürs Frühstück."

Brianna knurrte nur.

„Komm, Liebling. Wir müssen frühstücken, wenn wir nicht zu spät kommen wollen."

Brianna verkroch sich unter ihre Feen-Decke. „Nein! Ich will aber nicht frühstücken!"

„Mami lässt dir keine Wahl!" Beth zog ihrer Tochter die Decke weg. „Also, raus aus dem Bett."

„Muss ich wirklich, Mami?", jammerte Brianna.

„Ja. Eins ... zwei ... drei ..."

Brianna quälte sich aus ihrem Bett und blieb dicht vor Beth stehen. „Ziehst du mich bitte an, Mami?", bettelte sie.

Beth zögerte einen Moment. Sie ging ins Badezimmer und legte die Kleider zurecht. Brianna hatte ihr keine Fragen mehr gestellt oder ihr weitere Vorwürfe wegen Bobby gemacht. Allerdings war sie die meiste Zeit nachdenklich oder schlecht gelaunt. Anfang der Woche hatte Bobby Beth gefragt: „Hast du irgendetwas zu Brianna gesagt? Etwas über unsere Trennung?"

„Nein", hatte Beth ihrem Mann kurz und knapp geantwortet, so wie sie es in letzter Zeit immer tat. „Du vielleicht?"

„Natürlich nicht." Er sah sie finster an. „Das war doch ausgemacht."

„Ganz richtig!"

„Und warum fragt sie mich, warum ich dich plötzlich nicht mehr leiden mag?"

Beth hob die Schultern. „Das hat sie mich auch gefragt. Vielleicht spürt sie was."

„Spüren?"

„Ja. Sie spürt eben, dass ihre Eltern sich nicht mehr lieben."

„Nun mach aber einen Punkt, Beth!" Eine steile Zornesfalte bildete sich über Bobbys Nase. Seine Augen blitzten. „*Ich* habe nie behauptet, dass ich dich nicht liebe. Du warst diejenige, die diese Worte benutzt hat!" Erschrocken nahm er sich zurück. Er entspannte sich und mit einer ruhigeren Stimme sagte er: „Entschuldige. Ich wollte nicht laut werden. Ich wollte dir nur sagen: Ich liebe dich immer noch, Beth. Ob das noch etwas bringt oder nicht."

Diesen Satz hatte Beth seitdem nicht vergessen, weil er so untypisch für Bobby war. Natürlich hatte er anfangs versucht, sie davon abzuhalten, ihn zu verlassen. Weil sie aber nicht so reagiert hatte, wie er sich das vorgestellt hatte, war er aufgebracht gewesen und wie üblich in die Defensive gegangen. Dieses Mal hatte er allerdings zurückgesteckt, hatte sogar gesagt, dass es ihm leidtue und er sie liebe. Und das nicht nur einmal. Nach ihrer Ankündigung hatte er mehrfach versucht, sich zu entschuldigen und mit ihr zu reden. Beth wollte nicht weiter darüber nachdenken. Vielleicht war es ein letztes Bedauern über seine verpatzte Ehe. Oder die Weihnachtszeit trug zu einer versöhnlichen Stimmung bei.

Wie auch immer, ihr Gespräch hatte an Briannas Stimmung nichts ändern können. Das sorglose Kind mit seinen strahlend blauen Augen und dem wippenden Pferdeschwanz war völlig verändert. Aus ihrer Tochter war ein kleines missgelauntes und melancholisches Mädchen geworden.

Beth beeilte sich mit der Morgentoilette und dem Frühstück und schaffte es mit Mühe und Not, Brianna acht Minuten früher als sonst in ihr Auto zu verfrachten. Wie sie befürchtet hatte, ging es auf der Schnellstraße heute nur mit Stop-and-go voran. Hin und wieder rutschte ein Auto von der Straße und der Gegenverkehr geriet ab und zu über den Mittelstreifen. Man konnte nur sehr langsam fahren. Zum Glück gab es keine größeren Unfälle. Einige Minuten später als sonst hielt Beth vor dem Haus von Briannas Tagesmutter an.

Dana Goode, die eine private Kindertagesstätte führte, war eine Freundin von Beth. Sie kannten sich aus ihrer Highschool-Zeit. Beth konnte Brianna mit einem guten Gefühl bei Dana abgeben. Manchmal, wenn sie Zeit genug hatten, schwätzten sie über frühere Zeiten, über das College, darüber, wer mit wem gegangen war, und darüber, wie verliebt Beth damals in Bobby gewesen war.

Bei solchen Gesprächen bestätigte Dana, die dabei meistens heftig auf einem Kaugummi kaute: „Jeder hat damals gesagt: ‚Bobby Baldwin ist total verknallt in Beth.' So lange das auch schon her ist, er hatte immer einzig und allein Augen für dich, Beth."

Beth hatte Dana noch gar nichts von ihrer Trennungsabsicht erzählt. Die würde das bestimmt nicht ohne Weiteres schlucken wollen.

Heute Morgen hatte sie aber auf keinen Fall Zeit, mit Dana zu reden. Damit Brianna nicht ausrutschte, nahm Beth ihr Kind fest an die Hand und führte es vorsichtig über den freigeschaufelten Gehweg zum Haus. Während sie Brianna einen Abschiedskuss auf die Stirn drückte, merkte Beth, dass Dana sie neugierig beobachtete.

Beth küsste Brianna noch einmal und klopfte ihr aufmunternd auf den Rücken. „Nun lauf, mein Schatz. Die anderen Kinder warten schon auf dich."

Brianna schaute von ihrer Mutter zu Dana und von Dana zu ihrer Mutter. „Tschüss." Lustlos schlurfte sie ins Spielzimmer.

Kaum war das Kind außer Hörweite, flüsterte Dana Beth hinter vorgehaltener Hand zu: „Du und Bobby, ihr wollt euch scheiden lassen? Bist du verrückt geworden, Beth?"

Beth antwortete nicht auf die Frage. „Wer hat das erzählt?", fragte sie stattdessen ärgerlich und zog die Stirn kraus.

„Wer wohl?" Dana schnaufte regelrecht, trat zwei Schritte zur Seite und zwei Schritte nach hinten. „Bobby hat angerufen und mich gebeten, für euch zwei zu beten."

„Was hat Bobby getan?" Beth glaubte, nicht richtig gehört zu haben. Seit Jahren hatte Bobby nicht mehr mit ihr gebetet, es sei denn gelegentlich vor dem Essen, wenn er zufällig daran dachte. Hin und wieder gingen sie auch mal zur Kirche. Aber das war auch schon das Höchste der Gefühle. „Hör auf zu fantasieren, Dana! Das hast du dir jetzt ausgedacht. Komm, sag schon, wer hat dir von unserer Trennung erzählt? Hand aufs Herz!“

Dana bekam den Mund nicht mehr zu. „Ich kann es einfach nicht glauben, Beth. Was ist mit euch los?“ Sie schüttelte sich vor Kälte und Entrüstung. „Warst du es nicht, die mich während unserer Zeit am College jeden Sonntag mit zur Kirche geschleift hat? Warst du es nicht, die mir empfohlen hat, Gott zu vertrauen? Die gesagt hat, dass alles in Ordnung kommt, wenn man Gott an die erste Stelle setzt?“

Beth ließ den Blick sinken. „Das ist lange her.“ Sie schaute die Freundin an.

„Was soll das heißen?“

„Dass Bobby und ich schon seit Jahren nicht mehr zusammen beten. Darum erzähl mir nicht, dass er dich gebeten haben soll, für unsere Ehe zu beten.“

„Nun gut, wenn du es nicht wahrhaben willst!“ Dana schien zu resignieren. „Aber es stimmt. Er hat mich darum gebeten, Beth. Nun hör mir mal genau zu. Ich muss es dir als Freundin sagen.“ Dana sprach normalerweise sehr schnell. Sonst machte sie beim Reden höchstens eine Pause, um Luft zu holen. Jetzt sagte sie betont deutlich: „Niemand wird dich jemals so lieben, wie Bobby dich liebt. Vielleicht hat er dich vernachlässigt und vergessen, was für dich wichtig ist. Aber das ändert nichts an der Tatsache, dass dieser Mann dich von Herzen liebt.“

„Vernachlässigt nennst du das?“ Beth schaute auf ihre Uhr und lachte laut auf. Ihr Lachen klang eher höhnisch als humorvoll. „Seit drei Jahren habe ich keine gelbe Rose mehr von ihm gesehen, Dana. Bevor Bobby und ich verheiratet waren, hat er mir jede Woche gelbe Rosen geschenkt. Gelbe Rosen und selbst gebackenen Limonenkuchen – den einzigen Kuchen, den er backen kann."

„So hat es einmal angefangen, aber was meinst du damit?"

„Was ich damit meine?" Beth klatschte wütend in die Hände. „Dass ich ihm egal geworden bin. Und weißt du was?" Sie senkte ihre Stimme, weil Brianna sie nicht hören sollte. „Ich habe es satt. Ich habe es satt, jeden Nachmittag zu einem Mann nach Hause zu kommen, der sich vor dem Fernseher niedergelassen hat. Ich habe es satt, mit dem Sportstudio um die Gunst meines Mannes zu buhlen. Wenn er zwischen mir und der Fernsteuerung für den Fernseher wählen müsste, würde er sich für die Fernsteuerung entscheiden. Da gebe ich dir Brief und Siegel drauf." Sie warf ihr langes dunkles Haar über die Schulter. „Ich bin es so leid, ein Nichts zu sein, Dana. Ich bin es leid, Rosen zu erwarten oder den verliebten Blick, mit dem er mich früher angehimmelt hat. Ich mag nicht mehr. Ich kann ihn nicht mehr lieben." Sie schlug den Kragen ihrer Jacke hoch und versuchte, sich zu beherrschen. „Ich ziehe aus, bevor ich vergessen habe, wie es sich anfühlt, eine Frau zu sein."

In Danas Gesicht spiegelten sich die unterschiedlichsten Gefühle. Aus der anfänglichen Empörung war ein Erschrecken geworden. Der Schreck verwandelte sich in

Schmerz und Enttäuschung. „Liebe ist mehr als gelbe Rosen und selbst gebackener Limonenkuchen“, war alles, was Dana endlich hervorbringen konnte.

„Ja, das stimmt.“ Beth ging ein paar Schritte rückwärts auf die Haustür zu. „Und Liebe ist mehr als die Sportschau.“

Sie war längst aus der Tür und auf dem Weg zur Arbeit, als Beth bewusst wurde, wie peinlich sie reagiert hatte. Dana hatte ihr nur helfen wollen. Sie hatte versucht, Beth klarzumachen, dass sie nicht leichtfertig ausziehen sollte.

Aber was war mit Bobby los? Wer gab ihm das Recht, ihre Freundin anzurufen und sie zu bitten, für ihre Ehe zu beten? Er hätte sie genauso gut darum bitten können, zwischen ihr und ihm zu vermitteln.

Beth lockerte ihre verkrampften Hände am Lenkrad.

Nun war es ohnehin egal. Das Drama war sowieso bald zu Ende. Sobald Weihnachten vorbei war. Bobby konnte tun und lassen, was er wollte. Er konnte Leute mobilisieren, für sie zu beten, und jedem erzählen, dass er sie noch liebte. In Wirklichkeit war es ihm doch nur recht, dass sie ihn verlassen wollte. Anderenfalls hätte er mehr Zeit mit ihr verbracht, versucht, mit ihr zu reden. Oder auch hin und wieder den Fernseher ausgeschaltet.

Nein. Es war aus und vorbei. Und daran würde sich nichts mehr ändern.

Sie stellte ihr Auto auf dem Parkplatz der Seniorenresidenz ab und eilte zur dritten Etage. Jetzt fiel es ihr wieder ein: Heute war bereits der neunte Tag. Sie hatte Tag sieben und Tag acht versäumt, weil sie da freigehabt hatte. Der neunte Tag war der große Tag, oder? An dem Tag wollte die gute alte Dame doch den Text zu ihrem Lied offenbaren.

Eine Sekunde lang überlegte sie, ob sie vielleicht lieber auf der anderen Seite der Station mit ihrer Arbeit beginnen sollte. Die Geschichte aus alten Tagen würde ihr wahrscheinlich auch nicht weiterhelfen. Warum sollte sie sich das antun? Schließlich dämmerte ihr: Es war Weihnachten. Selbst wenn ihr ganzes Leben auseinanderfiel, konnte sie doch wenigstens Sarah Lindeman einen Gefallen tun. Sie konnte auf diese Weise einer einsamen, alten Dame eine Freude bereiten.

Als sie ins Zimmer trat, lächelte Sarah ihr vom Bett aus entgegen. „Sie sind tatsächlich gekommen!“

„Ja, hier bin ich.“ Beth trat ein. Sie wusste ihre Gefühle dabei nicht einzuordnen. „Ich möchte den Text zu Ihrem Lied hören.“

Als sie das letzte Mal hier gewesen war und sich die Geschichte angehört hatte, hatte sie weinen müssen. Aber heute – unter dem Eindruck der Ereignisse am Morgen – spürte sie überhaupt keine Herzensregung. Sie wollte am liebsten so schnell wie möglich ihre acht Stunden herunterarbeiten, ohne nachdenken zu müssen, und damit dem 26. Dezember wieder um einen Tag näher rücken. Ganz kurz zog sie in Erwägung, das Zimmer wieder zu verlassen, doch sie schob diesen Gedanken rasch beiseite. Sie erwiderte Sarahs Lächeln und suchte nach frischer

Kleidung für die alte Dame. Sie bereitete Sarahs Bad vor und sorgte dafür, dass ihr das Essen aufs Zimmer gebracht wurde.

Als sie mit allem fertig war, nahm Beth wieder auf dem ihr vertrauten Stuhl Platz. „Ich habe ein paar Tage versäumt."

„Sie hatten frei?" Sarah schaute sie nachdenklich an. „Bestimmt waren Sie zu Hause bei Ihrer Familie."

„Ja." Beth konnte sich zu keinem Lächeln aufraffen. Sie hatte die Nase voll von ihrer Familie. Brummig machte sie es sich auf ihrem Stuhl bequem. „So weit, so gut. Erzählen Sie mir, wie es weiterging."

„Sie müssen mir etwas versprechen."

Versprechen? Beth biss sich auf die Lippe. Sie kannte die alte Frau doch kaum. „Was soll ich Ihnen versprechen?"

„Dass Sie die letzten drei Tage hier sind."

Beth zählte in Gedanken die Tage ab. Freitag war der zwölfte Tag, ihr letzter Arbeitstag vor Weihnachten. Beth nickte zustimmend. „Ich verspreche es Ihnen." Dabei fiel selbst ihr auf, dass ihre Worte irgendwie hohl klangen. Immerhin war sie dabei, ihren Mann zu verlassen. Wenn sie schon das wichtigste Versprechen, das sie je gegeben hatte, nicht einhalten konnte, wie sollte sie ihr Versprechen der alten Dame gegenüber halten?

Sarah schien sich zu freuen. Sie zog sich ein wenig hoch und lehnte sich gegen die Kissen, die am Kopfende lagen. „Wissen Sie noch, wo wir stehen geblieben waren?"

„Beim Tanz." Beth merkte, wie die Anspannung in ihr nachließ. Das lag an Sarahs Gegenwart. Die Geschichte nahm sie wieder gefangen. Sie wollte wissen, wie es weiterging. Vor allem interessierte sie die tiefere Bedeutung der Geschichte, von der Sarah gesprochen hatte. Mitten in dieser verrückten, hektischen, schmerzhaften Weihnachtszeit voller Scheidungspläne und Auseinandersetzungen mit Bobby wollte Beth um jeden Preis den tieferen Sinn von Sarahs Geschichte erfassen.

War es möglich, dass Sarah genau wusste, worüber sie sprach? Wenn das der Fall war, konnte Beth in den nächsten drei Tagen etwas erfahren, was sie in den letzten drei Jahren von Herzen gern gewusst hätte.

Das Geheimnis der Liebe.

KAPITEL 9

Sarah zog sich die Decken fest um ihren Körper. Sie war ganz aufgeregt, dass Beth Baldwin wieder bei ihr war. Das Wunder war greifbar nahe. Sarah konnte es spüren.

„Ja, meine Liebe. Genau da waren wir stehen geblieben. Beim Tanz."

„Sie waren in der Kirche, als wir mit Tag sechs aufgehört haben."

„Richtig. Nach meinem Besuch in der Kirche ließ ich mich auf direktem Weg nach Hause zu meinen Eltern fahren." Sarah lächelte. „Meine Eltern waren großartige Menschen. Sie hatten unendlich viel Liebe zu Gott und zu mir."

Sarah sagte nichts zu dieser Ironie. Aber sie war da. In weniger als einer Woche würde auch Beth wieder bei ihren Eltern einziehen. Sarah hatte das Pflegepersonal darüber tratschen hören. Sie würden schon noch darauf zu sprechen kommen.

„Damals war es Sommer." Sie schaute wieder zum Fenster – wie immer, wenn ihre Erinnerungen sie sehr bewegten. „Es war Ende Juli. Im Sommer 1941."

Sarahs Eltern standen zufällig vor ihrem Haus, als sie ihre Tochter kommen sahen. Ohne auch nur eine Frage zu stellen, nahmen sie sie in die Arme. Im Wohnzimmer erzählte Sarah ihren Eltern dann, was sie mit Mitch Collins erlebt hatte – die brisanten Einzelheiten ließ sie allerdings außen vor. Sie berichtete ihnen, wie sie dem Mann vertraut hatte. Wie er sie glauben ließ, er sei an ihrer Musik interessiert. Und wie er sie zum Schluss betrogen hatte.

„Und ich war so dumm zu glauben, dass er mich liebt, Papa." Sarah schaute ihrem Vater in die Augen und war froh, dass sie ihm gestanden hatte, wie schwerwiegend die Fehler waren, die sie begangen hatte. Ihr Vater war ein freundlicher, liebenswerter Mensch. Die Wahrheit in allen Einzelheiten hätte er wohl kaum verkraftet.

„Und wie stehst du jetzt zu Collins?", fragte Sarahs Mutter ganz ruhig. Dabei fürchtete sie sich zugleich vor der Antwort ihrer Tochter. „Was empfindest du für ihn?"

„Ich habe ihn nicht richtig eingeschätzt." Sarah schüttelte über sich selbst den Kopf. „Ich habe …" Sie senkte den Blick. „Ich habe mich zum Idioten gemacht."

„Nein, mein Kind, das hast du nicht." Ihr Vater sprang auf und streckte ihr seine Arme entgegen. „Du bist wieder zu Hause. Du bist nach Hause gekommen, weil du wusstest, dass wir auf dich warten. Das war das Beste, was du tun konntest!“

„Danke, Papa.“ Sarah schwieg. Eine Frage ließ ihr keine Ruhe. Eine Frage, die sie seit der Nacht, in der sie den wahren Mitch kennengelernt hatte, beschäftigte. Für diese Frage war jetzt der richtige Augenblick gekommen. „Habt ihr etwas von Sam gehört?“

Ihre Eltern tauschten vielsagende Blicke aus. Der Vater lehnte sich in seinem Sessel zurück und legte schweigend die Hände zusammen. Nach einer Weile antwortete er: „Sam ist fortgezogen, Liebling. Er hat eine Stelle irgendwo im Norden angenommen. In New York oder in New Jersey.“

Sarah konnte es nicht fassen. Ihr blieb die Luft weg. Sam war von Greer fortgezogen? Er hatte eine Stelle im Norden angenommen und ihren Eltern nicht einmal gesagt, ob er nach New York oder New Jersey gegangen war? In ihrem Kopf drehte sich alles. Unfassbar. Sarah grub die Fingernägel tief in ihre Handflächen, um sich zu vergewissern, dass sie nicht träumte. „Was – was für eine Stelle hat er angenommen?“

„Eine Stelle als Schuldirektor, Liebling.“ Ihre Mutter lächelte sie traurig an. „Als wir ihn das letzte Mal gesehen haben, hat er so etwas gesagt wie: ‚*Das Leben muss weitergehen.*‘“ Sarahs Mutter blickte ihre Tochter freundlich, aber bestimmt an. „Ich glaube, er hatte dich sehr, sehr lieb, Sarah.“

Sarah war verzweifelt. Sie hatte das Gefühl, dass jemand ein Stahlseil um ihren Brustkorb spannte und sie mit aller Gewalt unter Wasser zog. So kräftig sie sich auch abstieß oder schwamm, sie konnte nicht an die Oberfläche gelangen. Konnte nicht einmal mehr Luft schnappen. „Wem …" Sarah rieb sich mit den Fingerkuppen die Stirn und fragte tonlos: „Und wem hat er eine Adresse hinterlassen? Wisst ihr das?"

„Ehrlich gesagt, Liebling, glaube ich, er wollte nicht, dass wir das wissen. Seine Eltern sind vor ein paar Jahren von hier fortgezogen – das weißt du ja. Als er das letzte Mal zu uns kam, schien er mit seinem Besuch einen Schlussstrich ziehen zu wollen." Ihr Vater schaute die Mutter an. „Hast du das auch so empfunden?"

„Ja. Es tut mir schrecklich leid für dich, Sarah. Irgendwie wusste ich, dass du eines Tages nach ihm fragen würdest." Die Mutter schwieg und unterdrückte ihre Tränen.

Sarah brauchte den Gedanken gar nicht zu Ende zu denken. Die Wahrheit lag vor ihr ausgebreitet wie ein aufgeschlagenes Buch. Sie hatte Sam Lindeman zu lange warten lassen. Er hatte jahrelang um Sarah geworben. Jetzt hatte er aufgegeben. Er war weggezogen. So wie er es im Grunde schon vor Jahren hätte tun sollen.

In den folgenden Tagen versuchte Sarah alles, um Sam ausfindig zu machen. Sie rief den Direktor seiner letzten Schule an, aber der Mann war unerbittlich. „Wir geben keine Auskunft", sagte er. „Datenschutz – Sie wissen schon. Auf Wiederhören!"

Sarah hatte noch eine Idee. Sie rief bei der Verwaltung der Stadt an, in die Sams Eltern gezogen waren, und bat dort um die Telefonnummer der Lindemans. Nachdem der Beamte eine Weile gesucht hatte, nahm er das Gespräch wieder auf und entschuldigte sich: „Offensichtlich sind sie verzogen. In unseren Unterlagen gibt es keine Lindemans mehr."

Am Ende der ersten Woche musste Sarah sich geschlagen geben. Sam war endgültig fort. Und daran ließ sich rein gar nichts mehr ändern.

Sarah drehte sich vom Fenster weg und schaute zu Beth Baldwin. Mit ihrem Kinn deutete sie auf den kleinen Weihnachtsbaum. „Das ist der Grund, warum auf dem siebten Anhänger FORT steht." Ihr Blick blieb auf den Baum gerichtet. „Und sehen Sie die Nummer acht dort drüben?"

Beth rutschte an die Kante ihres gepolsterten Stuhls und schaute hinter den Baum. „SEHNSUCHT? Meinen Sie diesen Anhänger?"

„Ja, genau." Sarah lehnte sich wieder zurück und schaute erneut aus dem Fenster. Am liebsten hätte sie die ganze Geschichte von ihrem Gehwagen aus erzählt, weil sie dabei auf die Bank gucken konnte, aber von ihrem Bett aus musste es auch gehen. Sie wusste ja, dass die Bank dort unten direkt vor ihrem Fenster stand.

Sie holte Luft und fuhr mit ihrer Erzählung fort.

Ihre Bemühungen hatten zu nichts geführt. Sie musste sich mit der Tatsache, dass Sam endgültig fort war, abfinden. Mit jeder Stunde, die verstrich, sehnte sie sich mehr nach ihm. Gleichzeitig wurde Sarah immer klarer, dass er genau das Richtige getan hatte. Es geschah ihr ganz recht, dass der Mann, den sie abgelehnt hatte, obwohl sie ihn liebte, gegangen war. Sie hatte ihn verlassen, um einem Hirngespinst nachzujagen. Das hatte sie weitaus mehr als ihre Seifenblasenträume gekostet. Ja, Sam war nicht mehr für sie da. Aber sowenig sie den Lauf der Sonne aufhalten konnte, sowenig konnte sie ihre wachsende Sehnsucht nach ihm bezähmen.

Mit ihren intensiven Gefühlen verband Sarah jedoch keinerlei Hoffnung. Sam verdiente eine Frau, die ihm ebenbürtig war. Er war viel zu schade für eine Frau wie sie. Sie war Vergangenheit für ihn, außerdem war sie bankrott und hatte keinen Plan, wie es weitergehen konnte. Ihre Gesangskarriere war gescheitert, noch ehe sie wirklich begonnen hatte.

Einen Monat lang war Sarah fest davon überzeugt. Sie war sich sicher, dass es Gott nicht leichtgefallen sein konnte, ihr zu vergeben. Und Sam – falls sie ihn jemals wiedersehen sollte – konnte sie unmöglich noch so sehen, wie er sie einmal gesehen hatte. Vor allem nicht, wenn er die ganze Wahrheit über sie erfuhr.

„Doch gegen Ende des Monats veränderte sich einiges." Sarahs Stimme klang wie von weit her, ja, sogar ein wenig verträumt. „Die Leute erkannten und grüßten mich und fragten mich ständig nach Sam. Eines Sonntags brachte ich meine Sorgen schließlich vor Gott."

Beths Augen waren vor Spannung weit geöffnet. Um nichts in der Welt wollte sie in diesem Moment den Stuhl, auf dem sie saß, verlassen. „Und?", drängte sie.

Sarah lächelte beglückt. „Er schenkte mir mein Lied."

„Und das ist Umschlag Nummer neun?"

„Ja, meine Liebe." Sie wies auf die vier letzten Umschläge. „Würden Sie mir bitte den Umschlag mit der Neun reichen, Beth?"

Die Briefumschläge sahen alt, zerknittert und vergilbt aus. Beth nahm den, auf dem die Neun stand, und reichte ihn hinüber. „Ich bin so gespannt, was damals geschah!", sagte sie.

„Das war einfach unglaublich. Wirklich unglaublich!" Sarah machte eine Pause. „Machen Sie es sich bequem, Beth. Was jetzt kommt, wird Sie interessieren. Ich meine damit nicht die Geschichte an sich – oder den Teil, der anschließend kommt. Erinnern Sie sich, was ich Ihnen gesagt habe?"

Beth lächelte. Jetzt sah sie nicht mehr so bekümmert aus wie vorher. „Das Geheimnis der Liebe, meinen Sie?"

„Ganz genau!" Sarah hob den Zeigefinger. „Das Geheimnis der Liebe."

Sarah nahm den Anhänger aus dem Umschlag und sagte: „Hier steht GELEGENHEIT." Sie befestigte den Anhänger am Baum. „Ich will es Ihnen erklären."

Der Sommer war ins Land gezogen und Sarah hatte sich immer stärker nach Sam gesehnt. Sie musste einen Weg finden. Er musste erfahren, wie sie zu ihm stand. Sie brauchte eine Gelegenheit, eine Chance.

„Und so tat ich das Einzige, was ich tun konnte." Wieder hielt sie ihren Kopf etwas schief und sah zum Fenster hinüber. „Ich schrieb ein Lied."

„Das Lied, das Sie gesummt haben?"

„Ja, dieses Lied habe ich damals geschrieben."

Tag für Tag war Sarah in den Park von Greer gegangen, hatte am Rand der großen Wiese auf der Bank gesessen und Gott hatte ihr die Worte zu ihrem Lied ins Herz gelegt. Im Herbst war das Lied endlich fertig. Anschließend bat sie Gott um ein Wunder. Sie schloss die Augen und betete: „Bitte, Herr, hilf mir, Sam zu finden. Und wenn es nur für ein paar Minuten ist, damit er mein Lied hören kann!"

Wieder zog ein Monat ins Land. Eines Morgens, Ende September, wurde sie von Mr Hamilton, dem Mann von *Trailway Records*, angerufen. Er sagte, jemand interessiere sich brennend für ihre Stimme. Nicht Mitch Collins, sondern sein Chef, der Direktor von *Trailway Records*.

Sarah konnte es nicht glauben. Auch nicht, als Mr Hamilton weitere Erklärungen abgegeben hatte. Während ihrer Zeit in Nashville war ihr der Direktor des Plattenkonzerns nicht einmal begegnet. Und jetzt, jetzt, wo sie ihre Träume aufgegeben hatte und reumütig nach Hause zurückgekehrt war, jetzt hatte ihre Stimme die Aufmerksamkeit eines Spitzenmanagers erlangt?

„Wir wollen Sie groß herausbringen, Sarah." Mr Hamiltons Stimme überschlug sich vor Begeisterung. „Sie können auch einige Ihrer eigenen Lieder singen. Vielleicht auch ganz neue. Wäre das ein Problem?"

Sarah war ganz aufgeregt, nur die Vorstellung, wieder nach Nashville zu ziehen, bereitete ihr Unbehagen. „Ich kann gerne kommen", sagte sie, „aber bleiben werde ich nicht. Mein Zuhause ist hier in Greer."

„Das ist in Ordnung. Wir brauchen Sie auch nur für etwa eine Woche."

Sie dachte einen Augenblick lang nach. „Ich … ich weiß nicht, ob ich das Geld für die Fahrt habe."

Mr Hamilton lachte. „Sarah, wir bezahlen natürlich die Fahrkarte, Ihr Hotel und Ihre Mahlzeiten. Das ist selbstverständlich. Sie können in der Suite von *Trailway Records* wohnen, in dem großen Hotel direkt gegenüber von unseren Studios."

Sarah konnte einen Freudenschrei kaum unterdrücken. Also hatte sie doch noch den Durchbruch geschafft. Ohne faulen Kompromiss. Wie schade, dass Sam davon nichts erfahren würde. Schließlich hatte er für sie gebetet, ihr alles Gute gewünscht und sie für ihre Karriere freigegeben. Leider hatte er nicht Teil an dem, was Gott mit ihr tat. Denn so viel stand für sie fest: Hier war Gott im Spiel. Das war für sie so sicher wie das Amen in der Kirche. Sie hatte alles an Gott zurückgegeben – ihr Leben, ihre Stimme, ihr Herz. Und jetzt gab er ihr in seiner Barmherzigkeit die Chance, ihre eigenen Lieder unter ihren eigenen Bedingungen zu singen und trotzdem ihr Zuhause zu behalten.

Sie nahm das Angebot mit Freuden an. Ihren Eltern konnte sie versprechen, dass dieses Mal alles in Ordnung war. Unter den Musikstücken, die sie in ihre Mappe legte, bevor sie sich auf den Weg nach Nashville machte, war „Sarahs Lied“. Und es überraschte sie nicht, dass sich der Präsident von *Trailway Records*, vor dem sie Ende der Woche sang, ausgerechnet in *ihr* Lied, in „Sarahs Lied“ verliebte.

Sechs Wochen später erschien es bereits als Nummer eins in den Country-Charts. Sarahs Gebet war erhört worden. Sie hatte die Gelegenheit bekommen, die sie brauchte. Die Worte, die sie Sam sagen wollte, waren im ganzen Land zu hören. Überall!

Sarah sprach nicht weiter. Sie schaute Beth an. „Jetzt singe ich den Text. Die erste Strophe und den Refrain.“

Entschlossen schlug sie die Decken zurück.

Beth half Sarah, zum Fenster zu gelangen. Zum ersten Mal seit Beginn der zwölf Tage summte Sarah nicht nur die Melodie, sondern sang den Text ihres Liedes. Es waren die Worte, die sie damals auf der Bank für Sam Lindeman geschrieben hatte. Damals – als sie geglaubt hatte, dass alle Hoffnung, ihn zu finden, für immer verloren war. Trotz ihres Alters klang ihre Stimme klar und frisch. Sie umschmeichelte die Worte mit der liebevollen Zuneigung, die sie bis zu diesem Tag für ihren Sam empfand.

Es ist niemals zu spät, dass der Glaube uns findet.
Es ist niemals zu spät, dass das Gute gewinnt.
Es ist niemals zu spät, dass die Liebe uns bindet.
Es ist niemals zu spät für den Neubeginn.

Sarah blickte auf die Parkbank. Sie wünschte sich, noch einmal dort mit ihm sitzen zu können. Noch einmal, sodass sie gemeinsam an das Wunder von 1941 zurückdenken konnten.

Sie seufzte kurz auf. Es wurde Zeit für die erste Strophe. Die einzige Strophe, die sie heute singen wollte. Sie schaute Beth von der Seite an. Die junge Frau hörte nicht nur zu. Nein, sie hing an ihren Lippen. Sarah sang weiter. Sie schloss dabei die Augen, damit nichts ihre Erinnerungen stören konnte.

Geradlinigkeit und Enge
verband ich mit deinem Gesicht.
Ich wählte eigene Wege,
ging fort und wollte dich nicht.
Ich suchte Glamour und Glitter,
irrte ziellos und müde durchs Land.
Du wartetest, treu wie ein Ritter,
bliebst offen, Gott zugewandt.

Sie schwiegen beide. Beth spürte einen Kloß im Hals. In ihr schluchzte es, doch sie konnte sich nicht erklären, warum. Warum berührte diese Geschichte sie so sehr? Und wie war es möglich, dass, wenn Sarah sprach, ihr immer ihre eigene Geschichte mit Bobby in den Sinn kam? Im Detail stimmten die Geschichten natürlich nicht überein. Es war der Schmerz, der die beiden Geschichten verband.

Vielleicht war es aber auch das Lied, das Beth so sehr anrührte. Der Refrain klang in ihr nach:

Es ist niemals zu spät, dass der Glaube uns findet.
Es ist niemals zu spät, dass das Gute gewinnt.
Es ist niemals zu spät, dass die Liebe uns bindet.
Es ist niemals zu spät für den Neubeginn.

War es nicht genau das, was Bobby ihr zu erklären versuchte, seitdem sie wild entschlossen war, ihn zu verlassen?

Beth unterdrückte ihr Schluchzen und verbarg es hinter einem Hüsteln.

„Ich bin müde." Sarah bewegte sich langsam mit ihrem Gehwagen zurück. „Würden Sie mir bitte helfen, Beth?"

Als Sarah endlich wieder in ihren Kissen lag und verschnauft hatte, schaute Beth in ihre müden Augen. „Sam hat zuletzt bestimmt doch noch Ihr Lied gehört. Habe ich recht?"

Sarah fielen die Augen zu, während sie schlaftrunken sagte: „Sie haben versprochen, dass Sie morgen wiederkommen."

„Ja, ich werde kommen." Beth setzte sich noch einmal an ihr Bett.

„Die Antworten auf Ihre Fragen kommen noch, Beth. Das verspreche ich Ihnen."

„Und wann? An welchem Tag?"

„Einige schon morgen."

Beth wollte die alte Dame nicht weiter bedrängen. Sie füllte Sarahs Wasserkaraffe auf, zog das Betttuch glatt und deckte sie noch einmal gut zu. Dann sagte sie: „Auf Wiedersehen, Sarah." Die Geschichte von Sarah und Sam ließ sich nicht mal so eben erzählen. Vielleicht lag darin ja auch ihr Reichtum.

Schöne Geschichten brauchten nun einmal etwas länger.

Während sie auf den Flur hinaus- und zum nächsten Zimmer weiterging, hing sie einen Moment lang diesem Gedanken nach. Wenn schöne Geschichten länger brauchten, warum wollte sie dann so übereilt Bobby verlassen, Brianna ihrem Vater entreißen und ihre Ehe aufs Spiel setzen?

Der Gedanke war jedoch so schnell verflogen, wie er gekommen war. Ihre Geschichte war einfach so verfahren, dass auch mit der Zeit keine schöne Geschichte mehr daraus werden konnte. Die Gründe dafür lagen auf der Hand. Es konnte nur noch schlimmer werden. Unerträglicher.

Aber trotz aller Punkte, die für eine Trennung sprachen, war sie verunsichert. Die Gründe für eine Scheidung gerieten ins Wanken.

Während der nächsten Stunden bemerkte Beth, dass sie immer wieder an die Anfangszeit mit Bobby dachte. An verrückte Begebenheiten, die sie miteinander erlebt hatten, an die verregneten Sonntagnachmittage, bevor Brianna geboren wurde, an die verständnisvollen Intimitäten, die nur ihnen beiden gehörten.

Warum hatten sie es zugelassen, dass ihnen das alles mit der Zeit verloren gegangen war? Ließ sich vielleicht an diesem Punkt, an dem sie jetzt angelangt waren, die Zeit noch einmal zurückdrehen? Nein, ihr Entschluss stand fest. Der Wunsch allein genügte nicht, um das Verhältnis zwischen ihr und Bobby zu verbessern. Trotzdem kaute Beth den Gedanken immer und immer wieder durch und fragte sich, was es sie kosten würde, wenn sie versuchten, den Weg zu einer von Liebe und Freude bestimmten Ehe zurückzufinden.

Auf ihrem Heimweg am späten Nachmittag ging Beth eine Zeile aus Sarahs Lied nicht mehr aus dem Kopf. Sie hatte sie bereits gesummt und sie sich innerlich wohl mehr als hundertmal vorgesungen. Und jedes Mal waren es die ersten fünf Wörter gewesen, die ihr die Kehle zusammengezogen hatten und sie fast hatten losheulen lassen.

Es ist niemals zu spät…

Das waren Worte, die förmlich nach Hoffnung und Vergebung und nach neuem Leben schrien. Doch allein der Klang der fünf Wörter machte ihr das Herz schwer, denn Beth war sich einer Sache sicher:

Für sie galten diese herrlichen Worte bestimmt nicht.

KAPITEL 10

Sarah wurde von Panik erfasst. Sie bekam keine Luft mehr.

Sie versuchte, sich aufzurichten, sich ein Kopfkissen unterzuschieben. Aber sie schaffte weder das eine noch das andere. Stattdessen versuchte sie, mit allen verbleibenden Kräften Luft einzusaugen. Ein klein wenig Luft gelangte dadurch in ihre Lungen, doch sie reichte kaum aus, ihre Not zu lindern.

„Hilfe!" Das Wort blieb ihr im Halse stecken. Sie selbst konnte es nicht einmal hören. Sollte sie jetzt schon sterben? Bevor sie Gelegenheit hatte, ihre Geschichte zu Ende zu erzählen? Noch bevor sie Beth berichten konnte, wie alles ausgegangen war? Noch bevor sie bis zu dem Geheimnis der Liebe vorgedrungen waren?

Lieber Gott, nein! Lass mich jetzt nicht sterben! Sie wimmerte vor Schmerzen in ihrer Brust und machte noch einmal einen verzweifelten Versuch zu atmen. Dieses Mal gelangte noch weniger Luft in ihre Lungen als beim letzten

Mal. Sie spürte, wie ihr die Sinne schwanden. Wie ihr Herz immer langsamer schlug.

Sie öffnete die Augen wieder und schaute sich Hilfe suchend um nach etwas, woran sie sich hochziehen konnte. Wenn sie sich aufrichten könnte, könnte sie atmen. Sie machte sich Vorwürfe, dass sie dem Rat des Arztes Anfang des Monats nicht gefolgt war.

„Sie sollten im Sitzen schlafen, Sarah. Menschen mit einem solchen Herzfehler empfinden das als Wohltat."

„Doktor, ich kann einfach nicht im Sitzen schlafen. Das wissen Sie doch", hatte sie ihm lächelnd geantwortet.

Sie streckte ihre Arme über den Kopf nach oben. Ihre Finger umklammerten verzweifelt das Kopfende des Bettes. *Zieh, Sarah! Komm, zieh!* Sie strengte sich an, bis jeder Muskel in ihren Armen gespannt war. Aber ihre Kraft reichte nicht aus, um ihren Körper anzuheben. Sie reichte nicht aus, um den Druck auf ihrem Brustkorb zu verringern.

Gestern hatte sie sich noch ganz allein aufrichten können. Also bedeutete ihr Zustand eine rasante Verschlechterung. Falls sie keine Möglichkeit fand, sich beim Pflegepersonal bemerkbar zu machen, würde sie noch vor dem Mittagessen im Himmel sein.

Plötzlich fiel ihr die Klingel ein. Natürlich. Warum hatte sie nicht vorher daran gedacht? Ihr Blick wanderte zur Wand neben ihrem Bett. Da hing sie. Leuchtend rot schrie die Alarmglocke nach Beachtung.

Sie versuchte, ihre Hand zu heben. Aber ihr Körper verlangte nach einem neuen Atemzug. Sie schloss die

Augen vor Anstrengung und sog so viel Luft ein, wie sie nur konnte. Aber ihr Körper brauchte mehr Luft. Sie öffnete die Augen und starrte auf den Klingelknopf. Jetzt. Jetzt oder nie. Sonst war alles zu spät.

Mit ihrer allerletzten Kraft hob sie die Hand und drückte mit dem Finger auf den Knopf. Ein Signal ertönte. Erschöpft ließ Sarah ihren erschlafften Arm aufs Bett zurückfallen. Sie zitterte am ganzen Leib.

Lieber Gott, hilf mir. Ich kann noch nicht heimgehen. Das würde alles zunichtemachen.

Sie konzentrierte sich darauf, so wenig Luft wie möglich zu verbrauchen. In dem Moment, als sie hastige Schritte vor ihrer Tür hörte, spürte sie, wie sie langsam das Bewusstsein verlor. Sie fiel immer tiefer. Schwarze Flecken tanzten vor ihren Augen. Sie konnte die Gesichter der Menschen, die in ihr Zimmer traten, nicht mehr erkennen.

„Hilfe …"

„Ach, du liebe Zeit! Schnell! Den Krankenwagen!", hörte sie Beth rufen. Die vertraute Stimme klang für Sarah wie aus weiter Ferne. Sarah war sich nicht sicher, ob sie träumte. „Wir brauchen sofort Sauerstoff."

Lass mich bitte noch nicht sterben, Herr … Hol mich nicht heim. Jetzt noch nicht. Nicht …

Der Gedanke verlor sich in ihrer Bewusstlosigkeit. Eine friedliche Stille und eine nachtschwarze Dunkelheit umgaben sie. Sarah konnte nicht mehr denken, sich nicht mehr bewegen und auch nicht mehr versuchen, noch einmal zu atmen.

In dem Moment, als die Dunkelheit sie ängstigen wollte, umgab sie ein heller Lichtstrahl, der sie langsam und behutsam anzog. Ihre Seele sehnte sich nach diesem Licht. Sie wollte ihm entgegengehen, als sei dieses Licht genau das, wonach Herz und Seele verlangten. Das Licht, auf das sie ihr ganzes Leben gewartet hatte.

Aber etwas anderes, Starkes, zog sie zurück, ließ sie in der Dunkelheit nach einem Ausweg suchen. Sarah war sich nicht sicher, warum sie so reagierte oder was sie so stark auf die andere Seite zog. Sie spürte nur, dass sie unbedingt zurückwollte.

Gott … bitte … bitte …

In diesem Moment öffnete sie die Augen und erkannte, dass einige Menschen an ihr hantierten. Beth Baldwin stand im Hintergrund und hielt sich die Hände vor den Mund. Einer der Männer hielt etwas über Sarahs Mund. Sarah merkte, dass sie inzwischen aufrecht saß. Sie merkte, dass sie atmen konnte. Das schreckliche Gefühl der Schwäche war verschwunden. Sie schob das weiche Plastikstück von ihrem Mund weg. „Was …“, japste sie und spürte verwundert, wie Luft in ihre Kehle strömte. „Was ist passiert?“

„Frau Lindeman, Sie benötigen die Sauerstoffmaske.“ Ein Notarzt legte ihr die Maske wieder an. Sie schaute in seine freundlichen, aber energischen Augen. Als sie wieder ruhig und gleichmäßig atmete, beugte er sich zu ihr hinunter. „Ich will es Ihnen so einfach wie möglich erklären, Frau Lindeman. Ihr Herz ist schwächer geworden. In der Nacht haben sich Ihre Lungen langsam mit Wasser gefüllt. Sie wären beinahe ertrunken."

Ein zweiter Notarzt trat ebenfalls dicht an ihr Bett. „Von jetzt an müssen Sie aufrecht sitzen."

Von jetzt an …

Die Worte sickerten durch Sarahs Verstand, und plötzlich begriff sie, was passiert war. Das war das Ende, von dem Doktor Cleary vor zwei Jahren gesprochen hatte, als er zum ersten Mal ihren Herzfehler diagnostiziert hatte.

„Zum Schluss werden sich Ihre Lungen mit Wasser füllen", hatte der Arzt gesagt. „Wir werden Sie dann in eine aufrechte Position bringen. Von dem Zeitpunkt an kann es ganz schnell zu Ende gehen."

Sarah hatte das nicht erschreckt. „Wie schnell?"

„Innerhalb einiger Tage." Er schaute sie dabei traurig an, denn er wusste, wovon er sprach. „Manchmal nur innerhalb ein paar weniger Tage."

Jetzt war es also so weit. Drei Tage brauchte sie noch für ihre Geschichte. Ihre Zeit war abgelaufen. Dr. Cleary hatte es ihr anschaulich erklärt: „Bei Ihrem Herzfehler ist es so, als würden Sie in einem Pool liegen, der sich langsam mit Wasser füllt. Wenn das Wasser bis zu Mund und Nase steigt, kann sich der Mensch mit diesem Herzfehler noch aufsetzen, aber zum Schwimmen und Aufstehen reicht die Kraft nicht mehr. Das Wasser steigt unaufhaltsam weiter und schließlich erstickt es sein Opfer. Das geht langsam, aber stetig."

„Wir werden Sie ins Krankenhaus fahren, Sarah." Der Arzt lächelte sie freundlich an. Hinter ihm brachten zwei Träger bereits eine Krankentrage ins Zimmer.

Sarah schüttelte energisch den Kopf und schob die Sauerstoffmaske wieder zur Seite. „Nein! Mein … Hausarzt hat mir die Erlaubnis gegeben … zu bleiben." Sie blickte die Notärzte und Pfleger fest an. Das Reden fiel ihr schwer. Sie wollte sich nicht aufregen. „Ich habe ein Recht … zu bleiben. Ich weiß … was mit mir passiert."

Spannung lag in der Luft, als das Pflegepersonal und die Notärzte ihre Aktion unterbrachen und alle Sarah erstaunt anblickten. Sarah sah, wie Beth rasch das Zimmer verließ. Sie hustete zweimal und wehrte heftig jeden Versuch ab, ihr die Maske wieder ins Gesicht zu drücken. „Es geht mir gut. Ich muss mit Ihnen reden." Sie machte ein paar schnelle Atemzüge hintereinander und sah einem nach dem anderen in die Augen. „Ich sterbe. Das weiß ich. Aber ich wehre mich dagegen … in einem Krankenhaus zu sterben. Das … das hier ist mein Zimmer."

Der Arzt trat einen Schritt nach hinten und schaute seinen Kollegen fragend an.

In dem Augenblick stürmte Beth ins Zimmer und hielt etwas in den Händen, das nach einer Patientenverfügung aussah. Sie hielt den Arm des Arztes fest und sagte atemlos: „Hier, bitte! Sie hat recht." Beth hielt dem Notarzt die Verfügung unter die Augen und las selbst laut vor, was da stand. „Ich, Dr. Cleary, bestätige hiermit, dass bei dieser Patientin keine lebensverlängernden Maßnahmen angewendet werden dürfen. Sie hat das Recht, in ihrem Zimmer der Seniorenresidenz von Greer zu sterben, wenn es sich um Symptome handelt, die durch ihren Herzfehler hervorgerufen werden."

Beth blickte den Arzt eindringlich an. „Also alles in Ordnung, oder?"

„Sie ist sehr krank, Schwester. Wir wollten sie nur so gut wie möglich versorgen."

Mr Johnson, der diensthabende Chef des Ambulanzteams, trat vor. „Wir sollten ihren Wunsch respektieren." Und an Beth gewandt, sagte er: „Wir lassen Ihnen Sauerstoff hier. Wenn es noch etwas gibt, was wir für Sie tun können, geben Sie uns bitte Bescheid."

Resignation machte sich auf dem Gesicht des Arztes breit. „Man könnte sie sehr gut intravenös versorgen. Doch solange sie aus einem Halm trinken kann, ist es noch nicht unbedingt erforderlich." Und mit leiser Stimme fuhr er fort: „Sie hat ganz schön viel Wasser in den Lungen. Um ehrlich zu sein, hat sie höchstens noch ein paar Tage."

Sarah spürte, wie sie ein Hoffnungsblitz durchfuhr. Sie hatte noch ein paar Tage. Genau wie Dr. Cleary es ihr erklärt hatte. Mehr brauchte sie auch nicht mehr. Sie brauchte nur noch ein paar Tage.

Gott gab ihr genug Zeit, um Beth Baldwin ihre Geschichte zu Ende zu erzählen.

KAPITEL 11

Die Leute, die um Sarahs Bett standen, redeten noch ein paar Minuten durcheinander. Die Entscheidung war gefallen. Sie wollten sich an Sarahs Patientenverfügung halten.

Sie durfte bleiben.

Sarah hätte am liebsten vor Freude gejubelt. Doch dazu war sie zu schwach. Sie streckte Beth ihre Hand entgegen und formte mit ihrem Mund die Worte: „Ich danke Ihnen."

Die Leute verließen das Zimmer. Nur Beth blieb. Sie drückte Sarahs Hand. Tränen standen in ihren Augen. „Sarah, Sie tun mir … Sie tun mir so leid. Ich wünschte mir, Sie wären nicht so krank."

Sarah hielt Beths Hand fest. Der Arzt hatte die Sauerstoffmaske abgenommen und zwei kleine Luftschläuche in ihre Nase gelegt. So konnte sie wenigstens reden. Ihre Worte kamen langsamer, als sie es wollte, aber immerhin, sie konnte verständlich sprechen.

„Nicht traurig sein … Ich bin bereit zu gehen." Ein Lächeln umspielte ihren Mund. „Es gibt nur noch … eine Sache, die ich erledigen möchte."

Beth zog sich einen Stuhl heran und streichelte Sarahs Hand. Zwei Tränen rollten über ihr Gesicht. „Ist es das, was ich denke?"

„Ja." Sarah machte eine Pause. Sie wartete, bis sie wieder Luft geholt hatte. Das Wasser stieg und sie konnte es in diesem Moment sogar spüren. „Ich muss die Geschichte zu Ende erzählen."

„Erzählen Sie mir heute die Geschichte zu Ende, Sarah." Beth wischte sich über die Wangen. „Bitte."

„Nein." Ein Gefühl des Friedens und eine feste Gewissheit durchströmten Sarah. „Heute ist der zehnte Tag … Ich werde Ihnen … nur diesen Teil erzählen."

Beth hielt die Luft an. Angst und Ungewissheit lagen in ihrem Gesicht. „Aber was ist, wenn …"

Sarah schüttelte den Kopf. „Gott wird mir drei Tage schenken." Sie presste ihre Hand gegen das Herz. „Ich weiß es hier drinnen." Sie lehnte sich mühsam zum Nachttisch hinüber. „Aber ich brauche … Ihre Hilfe, Beth."

„Ich bin hier, Sarah. Was Sie auch brauchen, ich bin bei Ihnen", antwortete Beth mit fester Stimme.

„Ja, sehr schön." Sarah ließ sich in ihre Kissen sinken und richtete ihren Blick wieder in Richtung Fenster. „Lassen Sie uns gleich beginnen."

Beth machte sich Sorgen. Es beruhigte sie ganz und gar nicht, dass Sarah meinte, sie sei bereit und ihr blieben noch drei Tage. Sarah war ihr in den letzten Dezembertagen unentbehrlich geworden. Sie hatte ihr irgendwie Halt gegeben. Beth konnte sich gar nicht erklären, woran das lag. In ihrer Welt, die völlig auf dem Kopf stand, in ihrer Welt, in der Scheidung, Anspannung und Schuldzuweisungen ihre Tage und Nächte bestimmten, hatte Sarahs Lied in ihr neue Hoffnung geweckt.

Und ausgerechnet jetzt sollte Sarah sterben?

Selbst die Notärzte hatten bestätigt, dass Sarah Lindeman im Sterben lag. Und was würde danach kommen? Wer würde sich an ihr Lied oder ihre Geschichte erinnern?

Vielleicht blieb ihr nicht einmal genug Zeit, um die Geschichte zu Ende zu erzählen. Was dann?

Diese Fragen quälten Beth auch noch, als Sarah sie bat, den Anhänger aus dem zehnten Briefumschlag zu nehmen. Auf dem vergilbten Stück Papier stand das Wort SIEG.

Beth suchte für den Anhänger einen Platz an dem Plastikweihnachtsbäumchen. Nach und nach löste sich die Geschichte von Sarahs Lippen in kurzen, stockenden Sätzen. Beth merkte, wie die Ängste in ihr zur Ruhe kamen. Wie die Aufregung allmählich nachließ, die sie seit dem frühen Morgen in ihrem festen Griff hatte, seitdem sie den Notarztwagen und die Feuerwehr vor dem Pflegeheim gesehen hatte.

Sarahs Worte sickerten in ihr Herz. Sie trugen sie in die Vergangenheit, in den Herbst 1941, den nächsten Teil der Geschichte.

Sarah berichtete, wie *Trailway Records* „Sarahs Lied“ als Single herausgebracht und besonders beworben hatte. Mitte November war die Platte auf dem Markt und sie wurde innerhalb kürzester Zeit zum Nummer-eins-Hit in den Country-Charts. Sarah war über Nacht zum Star geworden.

„Sie waren also richtig berühmt, Sarah!“, staunte Beth. Eine ihrer Kolleginnen hatte zwar einmal erwähnt, dass Sarah in jungen Jahren Sängerin gewesen sei. Aber mit einem Nummer-eins-Hit? „Kein Wunder, dass Sam das Lied gehört hat!“

„Er hat es … nicht sofort gehört.“ Sarah zog die Luft durch die Nase und hielt einen Moment inne. Als sie wieder atmen konnte, nahm sie ihre Geschichte erneut auf.

Sarah war mit Angeboten überschüttet worden. Termine wurden für ihr erstes Album festgelegt. Überall, wo sie erschien, gratulierten ihr die Menschen zu ihrem Erfolg, sie lobten ihre Stimme und berichteten, was ihr Lied im Leben der Zuhörer bewirkte. Doch das alles war Sarah nicht genug.

„Für mich konnte das Lied erst zum Erfolg werden, wenn Sam es gehört hatte.“ Sie hüstelte erst leise, dann folgten einige kurze, trockene Hustenstöße. „Um es kurz zu machen, er hat das Lied überhaupt nicht gehört. Dafür aber ein Interview. Ein Interview im Radio.“

Es war ein Samstagmorgen gewesen, und Sam Lindeman hatte in seinem Apartment in New Jersey gesessen und sich auf die zwei Wochen Weihnachtsferien gefreut, die vor ihm lagen. Er schaltete das Radio ein. Sofort hatte er die Stimme der Frau erkannt, die da interviewt wurde. Es war Sarahs Stimme. Er hätte ihre Stimme auch in hundert Jahren noch aus allen Stimmen der Welt heraushören können.

Sarahs Augen schweiften in die Ferne. „Der Moderator fragte mich, was mich zu ‚Sarahs Lied' inspiriert habe. Ich erzählte ihm, dass ich nur *einen* Mann in meinem Leben von Herzen geliebt, ihn aber leider verloren hätte. Ich sagte, ich würde alles dafür geben, ihn wiederzugewinnen, doch dafür sei es wohl zu spät. Der Moderator fragte mich nach seinem Namen und ich sagte: ‚Sam. Sam Lindeman.' Ich ging noch einen Schritt weiter. ‚Sam', sagte ich, ‚solltest du mich hören – es tut mir sehr leid, dass ich dich verlassen habe. Ich liebe dich. Ich werde dich immer lieben.'"

Sarahs Worte kamen sehr leise und mit häufigen Unterbrechungen aus ihrer trockenen Kehle. Aber das machte nichts. Beth hing an ihren Lippen. Sie stellte sich den jungen Mann genau vor, wie er vor dem Radio hockte. Wie er der Frau lauschte, die er immer noch liebte und die ihm ihre Gefühle gestand.

Nach dem Interview spielte der Sender „Sarahs Lied". Sam verschlang jedes einzelne Wort. Während der Schulzeit hatte er nur wenig Zeit, Musik zu hören, darum war es für ihn das erste Mal, dass er „Sarahs Lied“ hörte. Noch ehe es zu Ende war, wusste er genau, was er zu tun hatte.

Am Nachmittag rief er den Schulrat an und erklärte ihm, dass er das Schuljahr nicht würde beenden können, weil er nach Greer fahren müsse. Am nächsten Tag packte er seine Sachen und nahm den Zug nach South Carolina.

„Das war nun der zehnte Teil der Geschichte.“ Für einen Augenblick schloss Sarah die Augen. Sie war erschöpft. Mühsam öffnete sie die Augen wieder, wenn auch nur halb, und sagte: „Beth, ich bin zu müde zum Singen.“

Beth spürte, wie sie weinen musste. Sie schluckte ihre Tränen hinunter und antwortete tapfer: „Das ist okay. Sie können das Lied morgen singen.“

Sarah nickte. Und schon war sie eingeschlafen.

Nachdem Beth Brianna an diesem Abend zu Bett gebracht hatte, fand sie ihren Mann im Wohnzimmer. Der Fernseher war ausgeschaltet. „Bobby?“ Sie setzte sich zu ihm und wartete, bis er sie anschaute. „Es tut mir leid, dass ich dich in den letzten Wochen so mies behandelt habe.“

Bobbys Stirn glättete sich. Er legte seinen Arm um ihre Schultern und zog sie an sich. So blieben sie lange Zeit sitzen, bevor er etwas sagte. „Ich verstehe. Wegziehen ist nicht einfach.“

Sie wollte etwas sagen. Etwas darüber, dass sie sich noch einmal richtig aussprechen und sich wieder neu ineinander verlieben müssten. Aber sie brachte kein Wort heraus. Wegzuziehen war immer noch die einzige Alternative, oder nicht? War es nicht der einzige Weg, dass jeder von ihnen wieder glücklich werden konnte?

Kurz darauf standen beide auf und gingen zu ihren getrennten Schlafstätten.

„Sarahs Lied" klang in der Nacht in Beths Träumen nach. Insbesondere die fünf Wörter, die ihr nicht mehr aus dem Kopf gehen wollten: *Es ist niemals zu spät… Es ist niemals zu spät…*

~

Am nächsten Tag konnte Beth es kaum erwarten, zur Arbeit zu fahren. Sie wollte wissen, was weiter passiert war, was Sam gemacht hatte, als er mit seinem Koffer auf dem Bahnhof in Greer eingetroffen war.

Sarahs Atmung hatte sich noch weiter verschlechtert. Aber ihr Geist war hellwach.

Heute war der elfte Tag. Das bedeutete, sie war mit ihrer Geschichte fast am Ende. Diese Aussicht gab ihr eine Energie, wie sie sie lange nicht mehr gehabt hatte, sodass Beth nun ganz sicher war, dass Sarah recht behalten würde.

Sie würde noch lange genug leben, um ihre Geschichte zu Ende zu bringen.

Nicht für sich selbst, sondern für Beth. Für das, was auch immer gerade in Beths Herz, ihrer Seele und ihrem Verstand los war. Denn erst ganz zum Schluss konnte sie den letzten Vers von „Sarahs Lied“ hören und das Geheimnis der Liebe erfahren.

Das Geheimnis, das nur Sarah ihr mitteilen konnte.

KAPITEL 12

Auf dem elften Anhänger stand das Wort UMARMUNG. Beth hängte ihn für Sarah an den Tannenbaum. Nur *ein* Umschlag war noch übrig geblieben. Als der vorletzte Anhänger seinen Platz am Baum gefunden hatte, holte Sarah kurz Luft und begann zu erzählen.

Sam kam am Montag, den 22. Dezember, in Greer an und nahm sich sofort ein Taxi, das ihn zu Sarahs Elternhaus brachte. Ihre Eltern waren überrascht, ihn zu sehen. Leider mussten sie ihm sagen, dass Sarah nicht zu Hause war. Sie schrieb wieder Lieder. Und das tat sie mit Vorliebe im Park von Greer, auf der abgelegenen Bank neben der großen Wiese.

Sam kannte die Stelle. Früher hatten Sarah und er sich dort öfters getroffen. Er verabschiedete sich von Sarahs Eltern und eilte in den Park.

„Dabei schrieb ich an diesem Tag gar kein Lied", lächelte Sarah verträumt und ihre Augen wurden feucht.

„Ich schrieb in mein Tagebuch und sprach mit Gott über Sam. Ich sah auf und …" Ihr Mund war geöffnet, aber sie konnte nicht sprechen. Ihr Kinn zitterte und Tränen bahnten sich einen Weg über ihr faltiges Gesicht. Sie schüttelte den Kopf. „Entschuldigung!" Sie blickte zum Fenster. „Ich schaute auf und da stand er. Sam Lindeman. Er kam auf mich zu. Ich … ich dachte, ich träume! Er kam in meine Richtung und blieb mit ausgebreiteten Armen stehen."

Sarah schloss die Augen. Ein Lächeln überflog ihr Gesicht. Tränen schossen ihr in die Augen und rannen über ihre runzeligen Wangen. Doch das Lächeln blieb. „Ich höre seine Stimme noch. Und ich sehe ihn noch genau vor mir. Wie er mit ausgestreckten Armen dasteht. Ich ging ihm entgegen. Das Gefühl, von seinen Armen umschlossen zu sein …" Sie öffnete die Augen und sah Beth an. „Er ist bei mir geblieben, sein Leben lang. Ich brauche die zwölf Tage und die zwölf Anhänger nicht, um zu spüren, wie er seine Arme um mich legte. Dieser Moment war einzigartig. Die Erinnerung an diese Umarmung wird bleiben, bis ich meinen letzten Atemzug mache."

Beth musste schlucken, und sie spürte, wie ihr selbst ebenfalls die Tränen über die Wangen liefen.

„Morgen erzähle ich die Geschichte zu Ende." Sarah faltete ihre Hände zusammen.

Zögerlich beugte sich Beth vor und küsste Sarah auf die Stirn. „Ich werde wiederkommen."

An diesem Abend war Beth ihrem Mann gegenüber irgendwie milder. Sie bemühte sich um ein Gespräch mit Bobby. Ja, sie lachte sogar über das eine und andere, was Bobby sagte. Doch sie freute sich schon auf den nächsten Morgen. Als dieser schließlich gekommen war, eilte sie in Sarahs Zimmer und hoffte von ganzem Herzen, dass die alte Dame die Nacht überlebt hatte.

Es war Heiligabend, der 24. Dezember. Der zwölfte Tag. Sarah war wach. Sie sah grau und zusammengefallen aus. Aber ihre Augen glänzten. „Sind Sie bereit, den letzten Teil meiner Geschichte zu hören, Beth?“

Beth ließ sich auf den Stuhl fallen und drückte Sarah sanft die Hand. „Ja. Bitte … fangen Sie an!“

„Schön.“

Sarah atmete kurz ein und hustete einige Male. Danach sprudelte die Geschichte, die selbst ihr schwacher Gesundheitszustand nicht bremsen konnte, über ihre blassen Lippen.

An jenem Tag im Park hielt Sam Sarah, wie es schien, ewig fest. Als sie sich aus seiner Umarmung löste, fragte er nicht danach, was in den vergangenen Monaten geschehen war, er fragte nicht nach Nashville oder nach dem Grund, warum sie heimgekehrt war.

Stattdessen reichte er ihr einen Ring und fragte sie, ob sie seine Frau werden wolle.

„Wir setzten uns auf die Parkbank.“ Sarah schaute aus dem Fenster, während sie sprach. „Und wir blieben den ganzen Nachmittag dort sitzen. Wir küssten uns und redeten … und waren froh, dass wir einander gefunden hatten. Wir sind immer und immer wieder zu dieser Bank zurückgekehrt. Immer wieder – bis Sam starb." Sie schloss die Augen. Als sie sie wieder öffnete, waren ihre Wimpern feucht. „Ich spüre ihn hier an meiner Seite, wenn ich die alte Bank sehe. Auch heute noch, wo er schon so viele Jahre tot ist."

Beth nickte. Wenn Sarah es doch noch einmal schaffen würde, ans Fenster zu treten. Vielleicht am Ende der Geschichte.

Sarah fuhr fort, indem sie erzählte, wie sie und Sam den Eltern stolz den Verlobungsring gezeigt hatten und wie ihre Mutter sie daraufhin zur Seite gezogen hatte. Sarah machte eine Pause, denn sie war ganz erschöpft von der Anstrengung. Gleichzeitig war sie wild entschlossen weiterzuerzählen.

„Meine Mutter schenkte mir an jenem Abend etwas ganz Besonderes. Schauen Sie einmal unter mein Bett, Beth. Bitte!"

Beth zögerte einen Moment. Sie wollte nicht unter das Bett gucken. Sie wollte die Geschichte hören. Sarah sah sie flehentlich an und schließlich nickte Beth zustimmend. Sie kniete nieder und fand unter dem Bett eine kleine weiße Schachtel. „Das hier?" Beth zog die Schachtel hervor und zeigte sie Sarah.

„Ja." Sarah betrachtete die Schachtel, als sei sie ein lang vermisster Freund. „Öffnen Sie sie. Ich hole sie immer erst am zwölften Tag zum Vorschein."

Beth setzte sich wieder auf den Stuhl und öffnete behutsam und ehrfurchtsvoll die Schachtel. Darin lagen ein Paar rote, selten getragene Handschuhe. Beth schaute Sarah verwirrt an. „Ihre Mutter hat Ihnen damals diese Handschuhe geschenkt?"

„Rote Handschuhe." Sarah blickte Beth genau an. „Ich möchte Ihnen die Handschuhe schenken, Beth. Ziehen Sie sie an!", forderte sie sie auf.

Beth zögerte. Offensichtlich hatte Sarah diese Handschuhe sechzig Jahre lang in Ehren gehalten und jetzt … jetzt verschenkte sie sie einfach.

„Sarah, ich kann …" Sie hielt inne, als sie die Bestimmtheit in Sarahs Blick sah. „Wollen Sie mir diese Handschuhe wirklich schenken?"

„Ja." Ihre Augen funkelten.

Beth zögerte noch immer und schaute sich die Handschuhe genauer an. Sehr vorsichtig glitt sie mit ihren Fingern hinein, erst in den einen, dann in den anderen Handschuh.

Jetzt entdeckte sie die Stickerei am Handgelenk der beiden Handschuhe. Sie wollte gerade fragen, was sie bedeutete, als sie erkannte, dass es sich um Buchstaben handelte.

Sie suchte Sarahs Blick. „Da … da steht etwas auf den Handschuhen."

„Ja, richtig." Sarah hatte wieder Tränen in den Augen. „Halten Sie Ihre Hände hoch. Nur so können Sie die Schrift lesen."

Beth tat, was ihr gesagt wurde, und hob die Hände nach oben. Dabei erkannte sie einzelne Wörter. Auf dem linken Handschuh stand: „*Achte auf deine Gedanken und Gefühle …*" Und auf dem rechten Handschuh las sie: „*… denn sie beeinflussen dein ganzes Leben!*"

Achte auf deine Gedanken und Gefühle!

Sarah lächelte unter Tränen und hob ein wenig verlegen ihre schlaffen Schultern. „Das ist es, Beth. Das Geheimnis der Liebe. ‚Achte auf deine Gedanken und Gefühle!' Es ist ein Bibelvers. Sprüche 4, Vers 23."

Beth blickte auf die Worte und fühlte, wie sie sich in ihr Herz eingruben. Sie drangen in jede Faser ihres Herzens und sprachen direkt zu ihr. So etwas hatte sie noch nie erlebt.

„Ich … die Worte habe ich noch niemals gehört."

„Sehen Sie", sagte Sarah und rückte die Sauerstoffschläuche in ihrer Nase wieder zurecht, „wenn ich auf meine Gedanken und Gefühle geachtet hätte, Beth, hätte ich mich garantiert nicht Mitch Collins hingegeben. Ich hätte Sams wahren Wert längst erkannt, bevor ich Greer verließ."

Beth schaute lange auf die Handschuhe. „Sarah … ich kann die Handschuhe nicht annehmen. Sie sind … sie sind zu wertvoll. Sie sollten sie Ihren Kindern schenken."

„Nein." Sarahs Augen strahlten. „Gott möchte, dass ich sie Ihnen schenke, meine Liebe. Er hat mir deutlich zu verstehen gegeben, dass Sie diese Botschaft in diesem Jahr zu Weihnachten brauchen."

Beth spürte die weichen Handschuhe an ihren Händen. Sie hielt sie sich ans Gesicht. Sie rochen nach einer alten Liebe und nach längst vergangenen Tagen. Außerdem wärmten sie. Weniger ihre Wangen als ihr Herz. „Ich danke Ihnen, Sarah. Ich werde sie in Ehren halten."

Schließlich ließ sie ihre Hände in den Schoß sinken und schaute Sarah an. „Und was passierte anschließend mit Ihnen und Sam?"

„Wir wollten nicht länger warten. Also haben wir geheiratet." Wieder schaute sie gedankenverloren zum Fenster.

Das junge Paar lud seine engsten Freunde und Familienangehörigen ein, und der Gemeindepfarrer von Greer traute sie am Heiligabend im Park, direkt vor der Bank, auf der Sarah ihr Lied geschrieben und bei der Sam sie wiedergetroffen hatte, als er nach Greer zurückgekehrt war.

„Jetzt können Sie den letzten Briefumschlag öffnen, Beth."

Beth legte die Handschuhe in den Schoß, griff nach dem Umschlag und zog den letzten Anhänger heraus. Darauf standen die Worte IMMER NOCH. Tränen flossen über Beths Wangen, als sie das Schildchen an den Plastikbaum hängte.

„Wir heirateten an Heiligabend." Sie lächelte schwärmerisch wie ein Mädchen von sechzehn Jahren. „Ich trug ein weißes Kleid und die roten Handschuhe dazu. Die Liturgie war nur kurz. Zwischendurch fing es an zu schneien. Der Pfarrer erklärte uns zu Mann und Frau. Darauf wandte Sam sich mir zu und begann zu singen." Sie hielt einen Moment lang inne. „Er kannte jedes Wort meines Liedes auswendig", staunte sie damals wie heute.

Genau wie Sam an Heiligabend 1941 für sie gesungen hatte, so begann Sarah nun für Beth zu singen. „Es ist niemals zu spät, dass der Glaube uns findet. Es ist niemals zu spät, dass das Gute gewinnt."

Die Worte kamen deutlich und klar, trotz Sarahs Atemnot.

„Es ist niemals zu spät, dass die Liebe uns bindet. Es ist niemals zu spät für den Neubeginn."

Sarah schloss die Augen. Zwei Tränenbäche strömten über ihr Gesicht. „Ich löste Sam ab und sang das ganze Lied für ihn. Alle drei Strophen. Nach meinem Lied sagte der Pfarrer, er habe nur eine einzige Bitte an uns. Auch nach fünfzig Jahren sollten wir immer noch die Worte unseres Liedes kennen und uns immer noch Zeit nehmen, unser Lied so zu singen, wie wir es an unserem Hochzeitstag gesungen hatten."

IMMER NOCH.

Die Wörter, die auf dem zwölften Anhänger standen. Beth schaute sich den Weihnachtsbaum an mit all den Botschaften, die in seinen Zweigen schwebten. Es war die schönste Liebesgeschichte, die Beth je gehört hatte. Das Beste an der Geschichte war für sie die Lektion der roten Handschuhe: *Achte auf deine Gedanken und Gefühle, denn sie beeinflussen dein ganzes Leben!*

Sarah hob ihre bleichen Hände und legte sie sich auf die Wangen. „Ich liebe ihn noch immer, Beth." Ihre Blicke begegneten sich. „Ich liebe ihn noch immer und ich erinnere mich noch immer an das Lied. Genau darum hatte uns der Pastor am Weihnachtsabend gebeten." Sarah setzte sich etwas bequemer, ließ Beth dabei jedoch nicht aus den Augen. „Wissen Sie, warum ich mich nur einmal im Jahr an die Einzelheiten unserer Geschichte erinnere?"

„Nein." Diese Frage war ihr schon mehrmals gekommen. Beth hatte bisher nicht gewagt zu fragen. „Warum?"

„Weil ich ihn so vermisse, wenn ich mich an die Einzelheiten erinnere, und …" Ihre Stimme versagte. Zum ersten Mal seit Beginn der Geschichte wurde Sarah von ihren Gefühlen überwältigt. Ein Schluchzen schüttelte den zerbrechlichen Körper. Sie konnte nicht mehr weiterreden. Ihre Schultern bebten. Der Schmerz im Gesicht der alten Frau war so herzzerreißend, dass Beth überlegte, Hilfe zu holen. Doch nach und nach beruhigte sie sich wieder. Mit ihren faltigen Händen bedeckte sie ihr Gesicht. Ein leises Weinen erfüllte das Zimmer. „Ich vermisse ihn so sehr."

Beth schaute auf ihre Hände, auf die roten Handschuhe in ihrem Schoß und die Botschaft, die auf den Handschuhen stand. Nach einer Weile hörte Sarah auf zu weinen. Sie setzte sich ein wenig auf und atmete tief und langsam. „Ich werde bald heimgehen. Ich bin bereit." Unter Tränen fügte sie mit einem Lächeln hinzu: „Sam wartet schon so lange darauf, dass ich endlich zu ihm komme."

Es stellten sich noch hundert Fragen für Beth. Es gab noch so viel, was sie wissen wollte. Was geschah nach der Hochzeit? Wann hatten sie ihre Kinder bekommen? Wie hatten sie ihre Liebe lebendig erhalten? Und wie war es möglich, dass Sarah – nach sechs Jahrzehnten – Sam Lindeman immer noch liebte wie am ersten Tag?

Sarah hatte ihre Augen geschlossen. „Ich ... ich bin am Ende, Beth."

„Sarah, warten Sie ..." Beth beugte sich vor und rüttelte leicht an Sarahs Arm.

Sarah öffnete die Augen. Sie schaute die junge Frau so direkt, so ernst an, dass Beth erschrak. „Ich glaube, Beth, Sie haben einiges in Ordnung zu bringen." Und nach einem Zögern fügte sie hinzu: „Es ist Heiligabend. Tun Sie es, bevor es zu spät ist."

Noch ehe Beth etwas erwidern konnte, sank Sarahs Kopf in die Kissen, und sie schlief ein.

Sarah hatte recht. Beth hatte einiges in Ordnung zu bringen. Daran sollte sie nichts und niemand mehr hindern. Sie zog die Handschuhe an, lief die Treppen hinunter und überquerte die Straße, die durch den Park führte.

Die Bank fand sie sofort. Als sie sich setzte, begann sie zu weinen. Tränen strömten aus ihren Augen wie zuvor bei Sarah. Nur aus einem anderen Grund. Sie vermisste keinen Mann, der schon lange tot war. Sie hätte um ein Haar den Blick für die Realität verloren. Ohne Sarahs Geschichte und ohne ihr Lied wäre sie vor dem Mann weggelaufen, den Gott ihr zur Seite gestellt hatte. Plötzlich war sie bereit, für ihre Liebe zu kämpfen.

Die Worte, die auf den roten Handschuhen standen, redeten zu ihr. Sie brauchte Sarah nicht mehr zu fragen, wie sie und Sam ihre Liebe am Leben erhalten hatten. Das Geheimnis lag offen da.

Achte auf deine Gedanken und Gefühle, denn sie beeinflussen dein ganzes Leben.

Es war bereits fünf Uhr abends, als Beth endlich zu Hause eintraf.

Mit den roten Handschuhen an ihren Händen nahm sie die sperrigen Pakete vom Rücksitz. Bobby öffnete die Haustür und kam ihr entgegen. „Beth, ich …" Er stoppte mitten im Satz. Sein Mund blieb offen stehen und seine Augen wurden rund wie Wagenräder.

In ihren Händen hielt Beth achtundvierzig gelbe Rosen.

Tränen verschleierten ihren Blick. Sie blinzelte, um die Reaktion ihres Mannes erkennen zu können. Sie blieb stehen. Im Glanz des Mondlichts begann sie, Sarahs Lied zu singen, bevor ihr Mann etwas sagen konnte.

„Es ist niemals zu spät, dass der Glaube uns findet. Es ist niemals zu spät, dass das Gute gewinnt."

Wieder traten Tränen in ihre Augen. Aber sie sang tapfer weiter. Die eisige Abendluft konnte sie nicht daran hindern. Und auch nicht die Tatsache, dass ihre Stimme nicht so voll und wohlklingend war wie die von Sarah. Sie meinte es ernst. Die Worte des Liedes sprachen ihr direkt aus der Seele, als sie für den Mann sang, den sie immer noch liebte. Für den Mann, den sie fast verlassen hätte.

„Es ist niemals zu spät, dass die Liebe uns bindet. Es ist niemals zu spät für den Neubeginn."

Sie ging auf Bobby zu. „Es tut mir von Herzen leid, Bobby." Noch bevor sie die Haustür erreicht hatte, bemerkte sie, dass auch er etwas in den Händen hielt. Als ihr der Geruch in die Nase stieg, erkannte sie auch, was es war.

Frisch gebackener Limonenkuchen.

„Fröhliche Weihnachten, Beth." Seine Augen waren rot und feucht, als er sie ins Haus begleitete.

Kuchenduft strömte ihr entgegen, und plötzlich stellte Beth fest, warum er so intensiv war. Auf allen verfügbaren Arbeitsflächen in der Küche stand selbst gebackener Limonenkuchen. Beth konnte es kaum fassen. Langsam, ganz langsam, in einer Geschwindigkeit, die der alten Sarah gut angestanden hätte, setzte sie die Blumen ab und begab sich in die ausgebreiteten Arme ihres Mannes.

„Lass nie wieder los, Beth." Er flüsterte diese Worte in ihr Haar und zitterte vor Sehnsucht und Verzweiflung und vor dem Gedanken an die verheerende Entscheidung, die sie um ein Haar durchgesetzt hätte. Eine Entscheidung, die das Ende aller Geborgenheit für sie beide und ihr Kind bedeutet hätte. „Bitte lass nie wieder los."

Brianna kam in die Küche gehüpft. Sie strahlte. „Mami, rate mal! Ich und Papi haben dir hundert Kuchen gebacken!“ Sie schmiegte sich an ihre Eltern und legte ihre kleinen Arme fest um Papi und Mami.

Beth lächelte ihre Tochter an. Bobbys Umarmung erwärmte sie von innen nach außen.

„Ganz so viele sind es leider nicht“, gestand Bobby seiner Frau. „Ich hatte leider keine Übung mehr. Entschuldige, Beth.“ Er küsste sie und beachtete Briannas Gekicher nicht. „Ich werde wieder in Übung kommen. Das verspreche ich dir.“

Einen Augenblick lang schaute Beth auf ihre roten Handschuhe. Bobby sah sie und fragte neugierig: „Sind die neu?“

Beth hob die Hände und umrahmte sein Gesicht mit dem weichen roten Stoff. „Ja. Ich habe sie von einer guten Freundin geschenkt bekommen.“

„Das wird unser allerschönstes Weihnachtsfest“, jubelte Brianna und hüpfte um die Wette mit ihrem blonden Pferdeschwanz. „Wir haben Kuchen für Millionen Wochen. Und außerdem ist morgen Weihnachten und …“

Die Stimme ihrer Tochter wurde leiser, während Beth ihren Bobby küsste. Sie küsste ihn lange und mit ganz neuen Gefühlen. So hatte sie ihn seit Jahren nicht mehr geküsst.

„Ich glaube …“ Bobby löste sich von ihr und lachte sie an. „Ich nehme an, das soll bedeuten, du ziehst doch nicht aus.“

Beth strich ihm mit ihren Handschuhfingern durchs Haar und barg ihren Kopf an seiner Schulter. „Nie und nimmer." Sie dachte an Sarah. „Warte nur, bis ich dir erzähle, was ich erlebt habe."

EPILOG

Das Bild kam aus dem Nichts.

Sarah saß aufrecht in ihrem Bett und rang um jeden Atemzug, als sie es plötzlich ganz deutlich vor sich sah, so als wäre es Wirklichkeit. Doch Sarah hielt ihre Augen fest geschlossen. Also konnte sie keine Menschen sehen, die vor ihr standen.

Sarah sah Beth zwischen einem jungen Mann und einem kleinen Mädchen stehen. Die drei hielten sich fest umschlungen. Sie lachten. Der Ausdruck auf ihren Gesichtern verriet, wie lieb sie einander hatten.

Das Bild war ganz real. Sarah öffnete die Augen und schaute sich in ihrem Zimmer um. *Gott?* Laut sprechen konnte sie nicht mehr, also betete sie im Stillen. *Ist es möglich? Ist alles in Ordnung mit Beth? Hat die Geschichte etwas in ihr verändert?*

Die Antwort war für Sarah eindeutig. Sie ahnte, was geschehen war. Gott hatte ihr das Wunder gewährt, für das sie gebetet hatte. Er hatte zugelassen, dass sie lange genug lebte, um ihre Geschichte zu Ende erzählen und auf diese Weise das Wunder von „Sarahs Lied“ weiterzugeben. Dadurch würde die Liebe zwischen ihr und Sam über beider Tod hinaus eine Fortsetzung finden.

Sarah sah das Bild noch einmal vor sich. Beth mit ihrer Familie. Und sie lachten. Plötzlich, ganz plötzlich, merkte Sarah, dass sie nicht mehr atmen konnte. Sie versuchte es wieder und wieder, bis ihr klar wurde, was ablief. Ihre Lebenszeit ging zu Ende. Sie spürte keine Panik, kein Verlangen, auf den Klingelknopf zu drücken.

Es war für sie an der Zeit heimzugehen. Es war Heiligabend.

Der Abend des größten Wunders dieser Welt.

Es war eine kleine Trauergemeinde. Nur Sarahs Kinder und einige Enkelkinder waren angereist.

Beth stand im Hintergrund neben Bobby. Nach der Beerdigung ging Beth auf Sarahs Tochter zu und stellte sich ihr vor. „Hier, bitte.“ Sie hielt ihr die beiden roten Handschuhe entgegen. „Ihre Mutter hat sie mir gegeben, weil ich sie brauchte.“

Die Frau erkannte die Handschuhe sofort und nahm sie dankbar entgegen. „Ich hatte mich schon gefragt, wo sie geblieben sind. Ich fand den Weihnachtsbaum und die Anhänger, aber nicht die Handschuhe.“

„Ihre Mutter glaubte, ich würde ihre Handschuhe benötigen. Und so war es auch.“ Sie drehte sich um und schaute Bobby, der zwischen den wenigen Verwandten stand, mit einem traurigen Lächeln an. Dann blickte sie wieder zu Sarahs Tochter und putzte sich hastig die Nase. „Ich brauche sie nicht mehr. Ich habe die Botschaft auf den Handschuhen inzwischen begriffen.“ Sie schluckte. „Ich denke, die roten Handschuhe gehören in Ihre Familie.“

Sarahs Tochter hatte die gleichen blauen Augen wie ihre Mutter. Nach einer Weile fragte sie Beth: „Hat meine Mutter Ihnen ihr Lied vorgesungen?“

„Ja.“

Ein wissendes Lächeln legte sich auf das Gesicht der Frau. „Dann sind Sie es also!“

Beth war etwas verwirrt und wartete auf eine Erklärung.

„Im letzten Jahr habe ich um diese Zeit mit Mutter Weihnachten gefeiert. Sie meinte, Gott werde sie noch ein Jahr leben lassen, ihr noch einmal die Zeit geben, sich in den zwölf Tagen vor Weihnachten an ihre Geschichte mit meinem Vater zu erinnern. Ich fragte sie, wie sie auf diesen Gedanken komme, und sie antwortete, dass dort draußen beim Pflegepersonal irgendjemand ein Wunder brauche. Sie war sich sicher, dass durch ihre Geschichte das Wunder geschehen und sich das Leben des betroffenen Menschen für immer verändern würde.“

Beth war sprachlos. Dazu fiel ihr nichts mehr ein. Schweigend umarmte sie Sarahs Tochter und warf einen letzten Blick auf den weißen Sarg, der mit Rosen bedeckt war.

Während der Heimfahrt blickte sie von ihrem Platz auf dem Beifahrersitz in Gedanken versunken aus dem Fenster. Unglaublich, wie fürsorglich Gott war. Er hatte Sarah ein Lebensjahr geschenkt, damit das Wunder an ihr geschehen konnte. Ein ungeahntes Wunder, dessen Ausmaß sie gar nicht fassen konnte.

Plötzlich kam ihr eine Idee.

Sie wandte sich Bobby zu und lachte ihn an. „Du, ich habe eine gute Idee. Zu Hause könnten wir etwas ganz Schönes zusammen machen."

Er zog die Stirn kraus und lachte fröhlich zurück. „Etwas ganz Schönes zusammen machen? Wie darf ich das verstehen, mein Schatz?"

Sie kicherte und versetzte ihm spielerisch einen Stoß in die Rippen. „Nicht, was du schon wieder denkst!" Beth genoss es, wieder mit Bobby schäkern zu können wie früher. Sie hatte ihm Sarahs Geschichte erzählt und ihm ihr Lied beigebracht. Was sich in den vier kurzen Tagen alles zwischen ihnen zum Positiven verändert hatte, war schier unbeschreiblich. Sie liebten sich wieder wie am ersten Tag. Dass sie – wie Sam und Sarah – füreinander bestimmt waren, daran gab es keinen Zweifel mehr. Das hatten sie ganz neu für sich entdeckt.

Bobby richtete seinen Blick auf die Straße und fragte dann ungeduldig: „Also, was wollen wir Schönes zusammen machen?"

„Ich dachte …" Beth wurde ein wenig verlegen. Sie hatte Sarahs lächelndes Gesicht vor Augen. „Was würdest du davon halten, mit mir zusammen zwölf Anhänger für den Weihnachtsbaum zu basteln?"

MIX
Papier aus verantwortungsvollen Quellen
FSC® C014889

Verlagsgruppe Random House FSC® N001967
Das für dieses Buch verwendete FSC®-zertifizierte Papier
Enso Classic 95 liefert Stora Enso, Finnland.

Die amerikanische Originalausgabe erschien im Verlag Warner Books
unter dem Titel „Sarah's Song".

1. Auflage der Sonderausgabe 2014
Best.-Nr. 816993
ISBN 978-3-86591-993-9

Umschlaggestaltung: Daniel Eschner
Umschlagfoto: Shutterstock
Satz: Uhl + Massopust GmbH, Aalen
Druck und Verarbeitung: Friedrich Pustet, Regensburg
Printed in Germany